毛诗品物图考

艺文类聚金石书画馆　编

浙江人民美术出版社

图书在版编目（CIP）数据

毛诗品物图考 / 艺文类聚金石书画馆编. -- 杭州 :
浙江人民美术出版社，2024. 6. -- ISBN 978-7-5751
-0229-2

Ⅰ. I207.222

中国国家版本馆CIP数据核字第202409HA34号

策划编辑　霍西胜
责任编辑　杨雨瑶　左　琦
责任校对　罗仕通
封面设计　刘　金
责任印制　陈柏荣

毛诗品物图考

艺文类聚金石书画馆　编

出版发行　浙江人民美术出版社
（杭州市环城北路177号）
经　　销　全国各地新华书店
制　　版　浙江大千时代文化传媒有限公司
印　　刷　浙江海虹彩色印务有限公司
版　　次　2024年6月第1版
印　　次　2024年6月第1次印刷
开　　本　787mm×1092mm　1/32
印　　张　7.25
字　　数　22千字
书　　号　ISBN 978-7-5751-0229-2
定　　价　49.00元

出版说明

《诗经》是我国第一部诗歌总集。今人常见的《诗经》，乃经汉代鲁人毛亨和赵人毛苌传习、整理，故又称“毛诗”。该版本的《诗经》不仅在中国文学史、文化史上流传广泛，影响深远；还曾被译介成多种文字，远布日本、朝鲜、越南、英国、德国等地。

因《诗经》常采用比兴手法，故书中载有大量动植物名称，孔子评价《诗经》的价值时即指出：“《诗》可以兴，可以观，可以群，可以怨，迩之事父，远之事君，多识于鸟兽草木之名。”然而，因所载动植繁多，且异名迭出，加之年湮代远，“鸟兽草木之名”已然不易“多识”，后世遂兴起了《诗经》名物考辨之学。这一风气，也影响到了日本，《毛诗品物图考》便是其中代表作之一。

《毛诗品物图考》原书七卷，冈元凤纂辑，橘国雄绘图，天明五年（1785）在日本京都刊行。因该书“采择则汇集诸说，考订则折衷先贤”，并把考辨成果以图像形式直观地呈现出来，使人开卷豁然，遂成为了解《诗经》名物的经典读本。

19世纪70年代，《毛诗品物图考》传入国内，获得国人认可，曾多次翻摹出版。光绪彩绘本《毛诗品物图考》，即是该风气的产物。该本现藏于台北故宫博物院。全书以天明五年本为蓝本，用传统中国笔墨加以创作表现，共绘制了包括草、木、鸟、兽、虫、鱼六部在内的彩图二百余幅。其用笔精细，设色雅致，装潢考究，系极为珍贵的《诗经》名物读本。是书中无绘制者信息，仅书前有时翰林院编修戴兆春所撰写序言，以此推之，该书或许出自清代宫廷画家之手。

本次出版，我们将光绪彩绘本图像与《诗经》相关内容逐一对应，编为一册。书中的花卉草木、鸟兽虫鱼皆生意盎然，可爱可亲。在疲惫芜杂的当代生活中，希望这本小书能常伴读者左右，起到些许怡悦眼目、增广见闻的作用。

艺文类聚金石书画馆

2024 年 5 月

目录

草部	木部	鸟部	兽部	虫部	鱼部
001	073	119	161	185	209

草部

参差荇菜，左右采之。窈窕淑女，琴瑟友之。

《周南・关雎》

草部

參差荇菜

傳荇接余也集傳根生水底莖如釵股上青下白葉紫赤圓徑寸餘浮在水面○顏氏家訓今荇菜是水有之黃華似蓴按此方荇葉圓而稍羨又不若蓴之尖也彼中書多言蓴似荇而圓蓋土產之異也

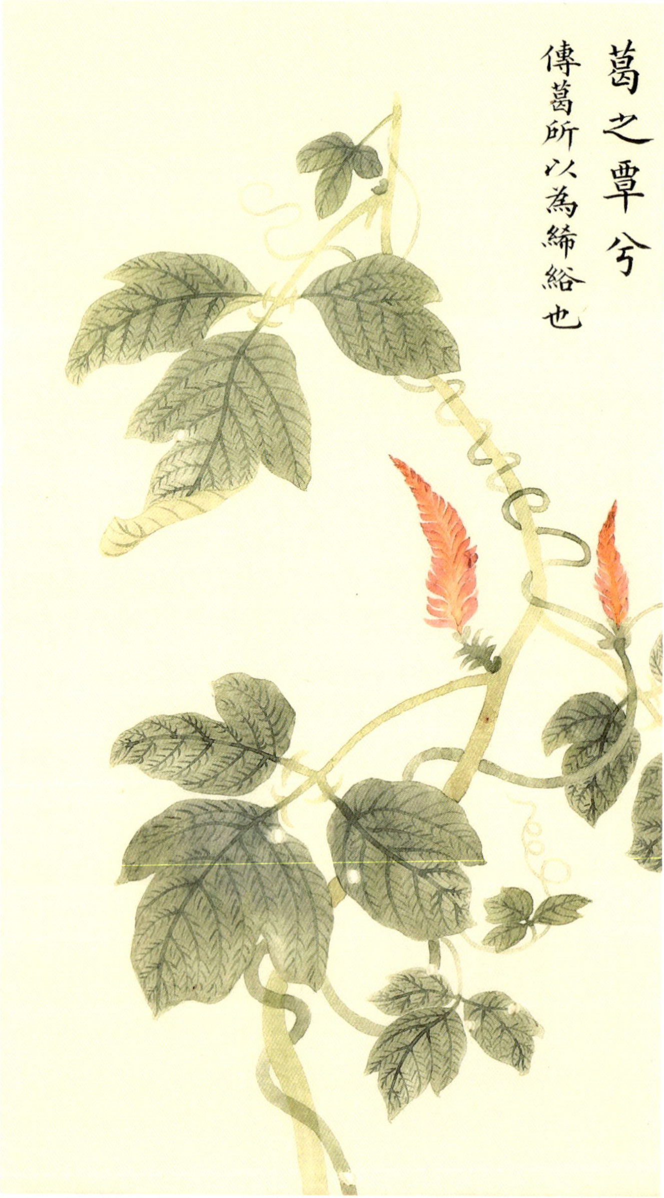
葛之覃兮
傳葛所以為絺綌也

葛之覃兮，施于中谷，维叶萋萋。

《周南·葛覃》

采采卷耳

傳卷耳苓耳
也集傳枲耳
葉如鼠耳叢
生如盤

葛藟纍之

集傳藟葛類
毛氏無解乃知
葛藟是一類不
應解為別物

采采卷耳，不盈顷筐。嗟我怀人，置彼周行。

《周南·卷耳》

南有樛木，葛藟累之。乐只君子，福履绥之。

《周南·樛木》

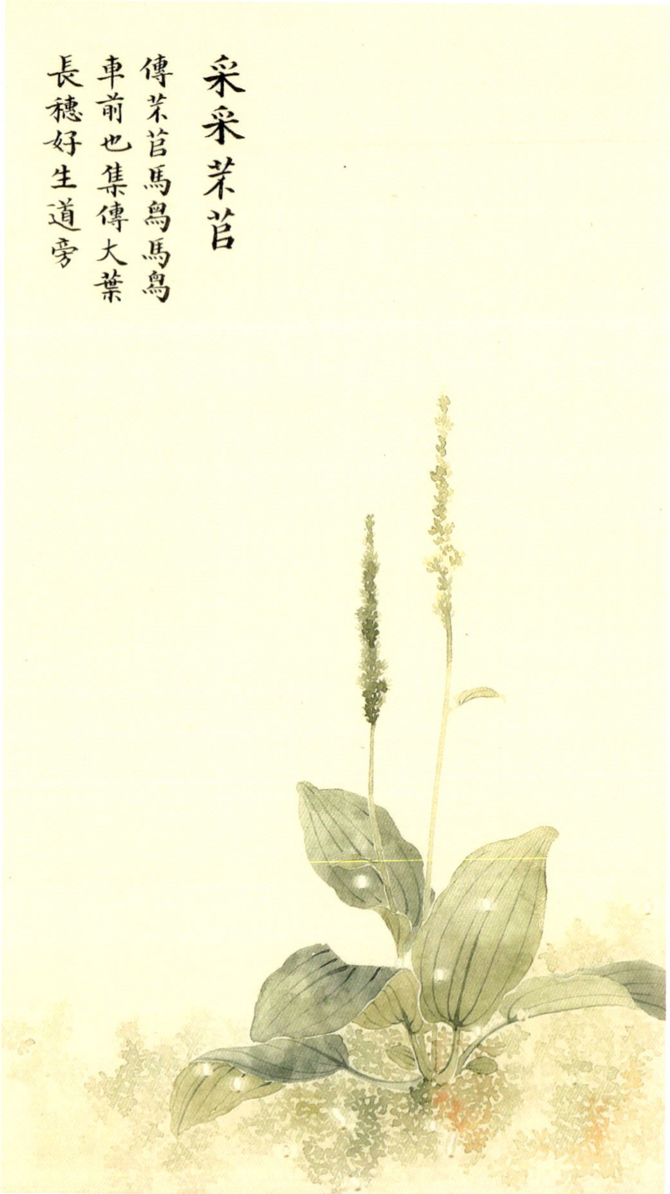
采采芣苢
傳芣苢馬舄馬舄
車前也集傳大葉
長穗好生道旁

采采芣苢，薄言采之。采采芣苢，薄言有之。

《周南·芣苢》

言刈其蔞

傳蔞草中之翹翹然集傳蔞蔞蒿也葉似艾青白色長數寸生水澤中○集傳依陸疏數寸下當補入高丈餘三字蔞蒿和詣之沼蒿又名伊吹艾江州伊吹山多生

翘翘错薪，言刈其蒌。之子于归，言秣其驹。

《周南·汉广》

于以采蘩？于沼于沚。于以用之？公侯之事。

《召南·采蘩》

于以采蘩

傳蘩皤蒿也集傳白蒿也○邢昺云皤猶白也白蒿此云蒿華刺髮髮哥或以出佐渡州白艾為蘩按蘩繁衍易生之草因以得名白艾在他州難茂生為不實當

言采其蕨

傳蕨鼈也集傳初生無葉時可食

言采其薇

傳薇菜也集傳似蕨而差大有芒而苦山間人食之謂之迷蕨

陟彼南山，言采其蕨。未见君子，忧心惙惙。

陟彼南山，言采其薇。未见君子，我心伤悲。

《召南·草虫》

《召南·草虫》

于以采𬞟？南涧之滨。

《召南·采𬞟》

于以采蘋

傳蘋大蓱也集傳水上浮萍也江東人謂之薸○毛氏與爾雅萍蓱其大者蘋其說相合朱傳誤以小萍為大萍說者不一羅願謂四葉菜為蘋李時珍亦和之蘋浮水上者四葉菜托根水底非萍之屬陳藏器云蘋葉圓闊寸許葉下有一點如水沫一名芣菜此說為得芣菜此方亦呼水鼈

羅願所説
蘋四葉菜
即田字草

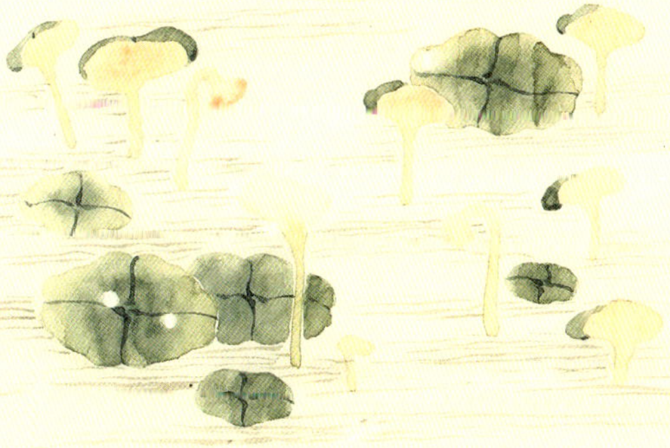

于以采藻？于彼行潦。

《召南·采蘋》

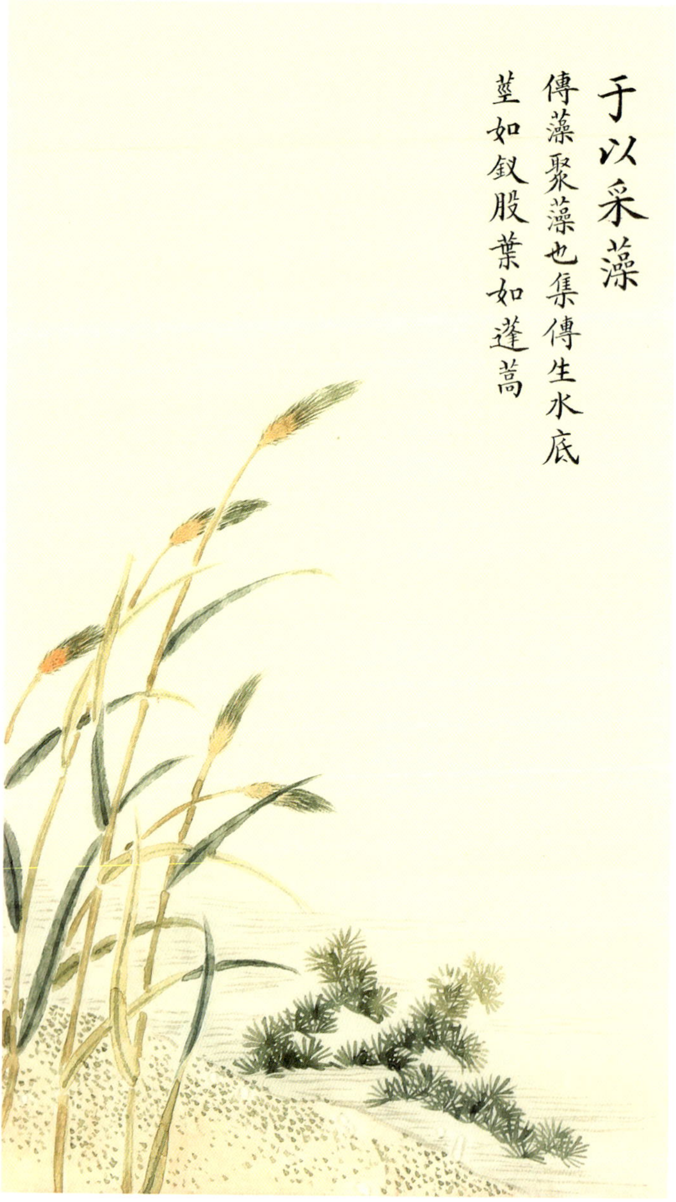
于以采藻
傳藻聚藻也集傳生水底
莖如釵股葉如蓬蒿

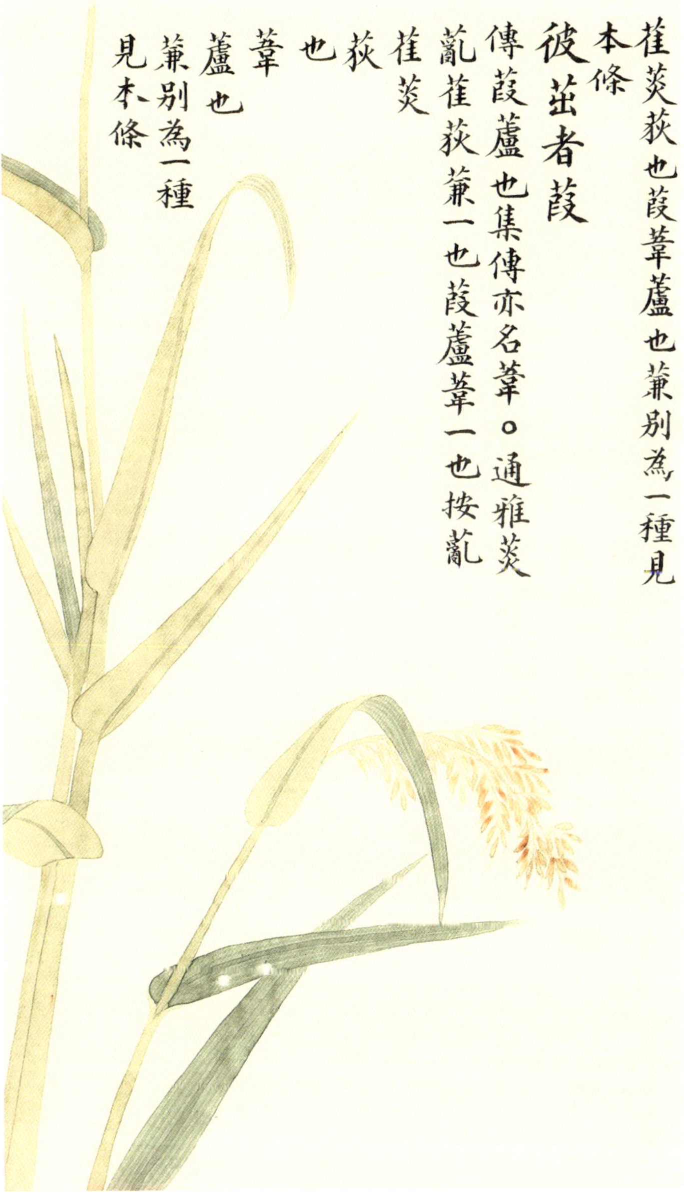
萑菼荻也葭葦蘆也蒹別為一種見
本條
彼茁者葭
傳葭蘆也集傳亦名葦。通雅菼
亂萑荻蒹一也葭蘆葦一也按亂
萑菼
荻
也
葦
蘆也
蒹別為一種
見本條

彼茁者葭，壹发五豝，于嗟乎驺虞！

《召南·驺虞》

彼茁者蓬，壹发五豵，于嗟乎驺虞！

《召南·驺虞》

彼茁者蓬

傳蓬草名也集傳其華如柳絮聚而飛如亂髮也○蓬生水澤葉如瞿麥花如初綻野菊後作絮而飛所謂飛蓬也

匏有苦叶，济有深涉。深则厉，浅则揭。

《邶风·匏有苦叶》

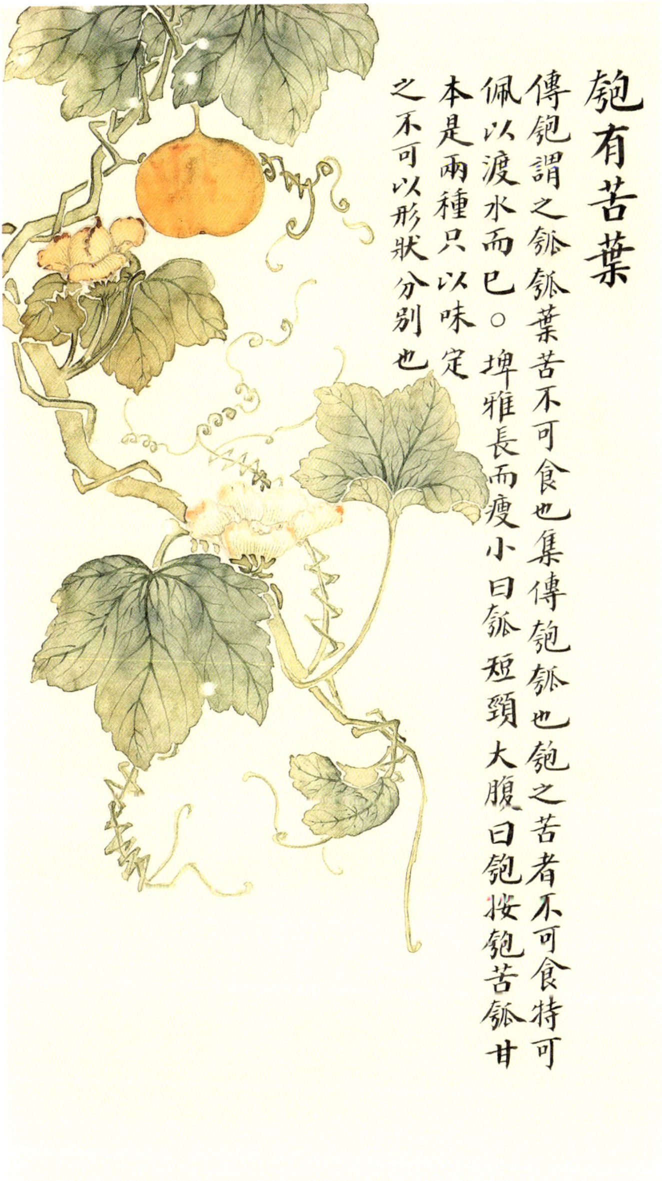
匏有苦葉
傳匏謂之瓠瓠葉苦不可食也集傳匏瓠也匏之苦者不可食特可
佩以渡水而已。埤雅長而瘦小曰瓠短頸大腹曰匏按匏苦瓠甘
本是兩種只以味定
之不可以形狀分別也

采葑采菲，无以下体？德音莫违，及尔同死。

《邶风·谷风》

采葑采菲

菲未詳

傳葑須也菲芴也箋此二菜者蔓菁與葍之類也皆上下可食然而其根有美時有惡時采之者不可以根惡時并棄其葉集傳葑蔓菁也菲似葍莖麄葉厚而長有毛○爾雅須蕵蕪註似羊蹄葉細酢可食然則須今思各莫拔姑也集傳從鄭氏云蔓菁則今葍不類也二說不同

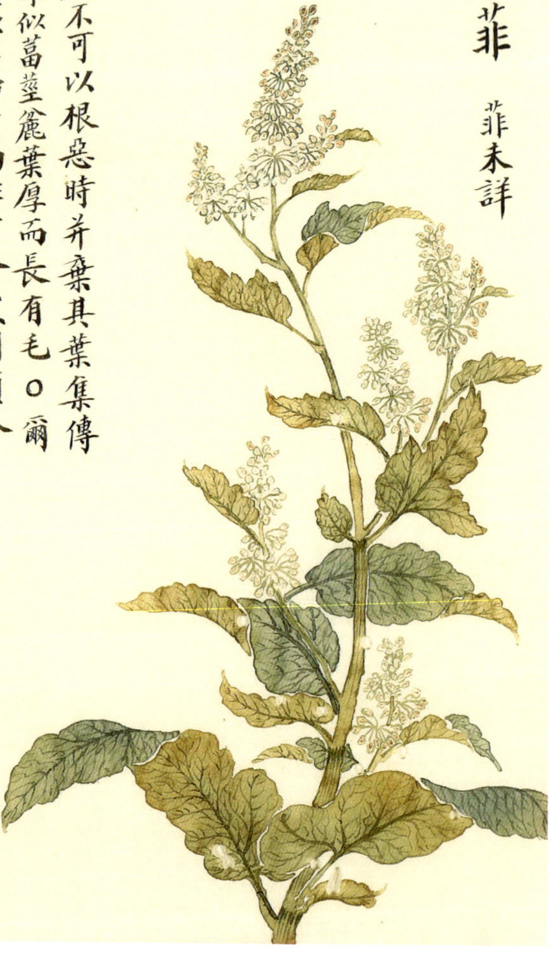

谁谓荼苦？其甘如荠。宴尔新昏，如兄如弟。

《邶风·谷风》

誰謂荼苦

傳荼苦菜也集傳苦菜蓼屬也○爾雅疏此味苦可食之菜易緯通卦驗玄圖云苦菜生於寒秋經冬歷春乃成月令孟夏苦菜秀是也嚴緝經有三荼一曰苦菜二曰委葉三曰英荼此苦及唐采苦采苦緜堇荼如飴皆苦菜也良耜以薅荼蓼委葉也鄭有女如荼英荼也鴟鴞予所捋荼傳云萑苕疏云萑之秀穗亦英荼之類集傳蓼屬恐與良耜荼蓼混

谁谓荼苦？其甘如荠。宴尔新昏，如兄如弟。《邶风·谷风》

山有榛，隰有苓。云谁之思？西方美人。《邶风·简兮》

自牧归荑，洵美且异。匪女之为美，美人之贻。《邶风·静女》

其甘如薺

集傳薺甘菜

隰有苓

傳苓大苦集傳苓一名大苦葉似地黄即今甘草也○集傳從爾雅註而形狀不類藥中甘草沈存中乃謂黄藥也郭必别有所指

自牧歸荑

傳荑茅之始生也　茅春生芽如針謂之茅針

牆有茨

傳茨蒺藜也集傳蔓生細葉子有三角刺人

墙有茨，不可扫也。中冓之言，不可道也。

《鄘风·墙有茨》

爰采唐矣？沬之乡矣。云谁之思？美孟姜矣。

《鄘风·桑中》

爰采唐矣

傳唐蒙菜名集傳唐蒙菜也一名菟絲○爾雅唐蒙女蘿女蘿菟絲孫炎分三名郭璞別四名其異在唐與蒙也邢昺云詩直言唐而傳云唐蒙也是以蒙解唐也則四名為得顛弁女蘿是松蘿即與唐異

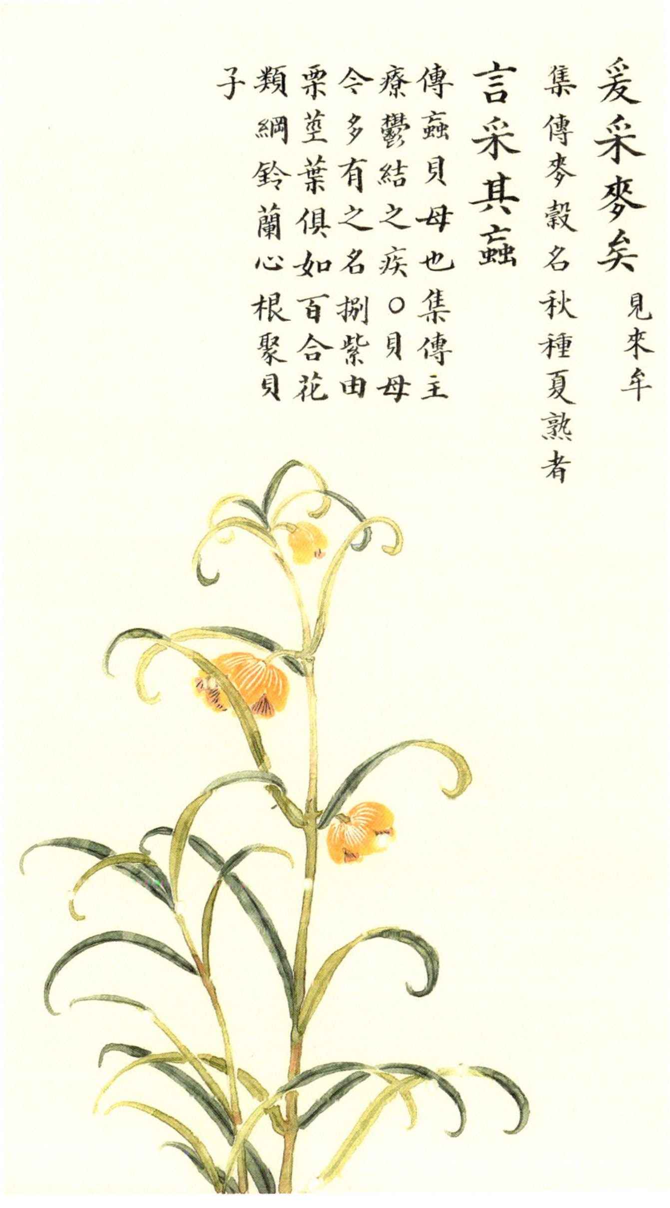
爰采麥矣 見來牟
集傳麥穀名秋種夏熟者
言采其蝱
傳蝱貝母也集傳主
療鬱結之疾○貝母
今多有之名捌紫由
粟莖葉俱如百合花
類網鈴蘭心根聚貝
子

爰采麦矣？沫之北矣。云谁之思？美孟弋矣。《鄘风·桑中》

陟彼阿丘，言采其虻。女子善怀，亦各有行。《鄘风·载驰》

瞻彼淇奥，绿竹猗猗。有匪君子，如切如磋，如琢如磨。

《卫风·淇奥》

綠竹猗猗

傳綠王芻也竹萹竹也集傳綠色也淇上多竹漢世猶然所謂淇園之竹是也○綠竹之解集傳為勝但毛氏舊說不可不存焉

手如柔荑，肤如凝脂。领如蝤蛴，齿如瓠犀。

《卫风·硕人》

施罛濊濊，鳣鲔发发。葭菼揭揭。《卫风·硕人》
芄兰之支，童子佩觿。虽则佩觿，能不我知。《卫风·芄兰》

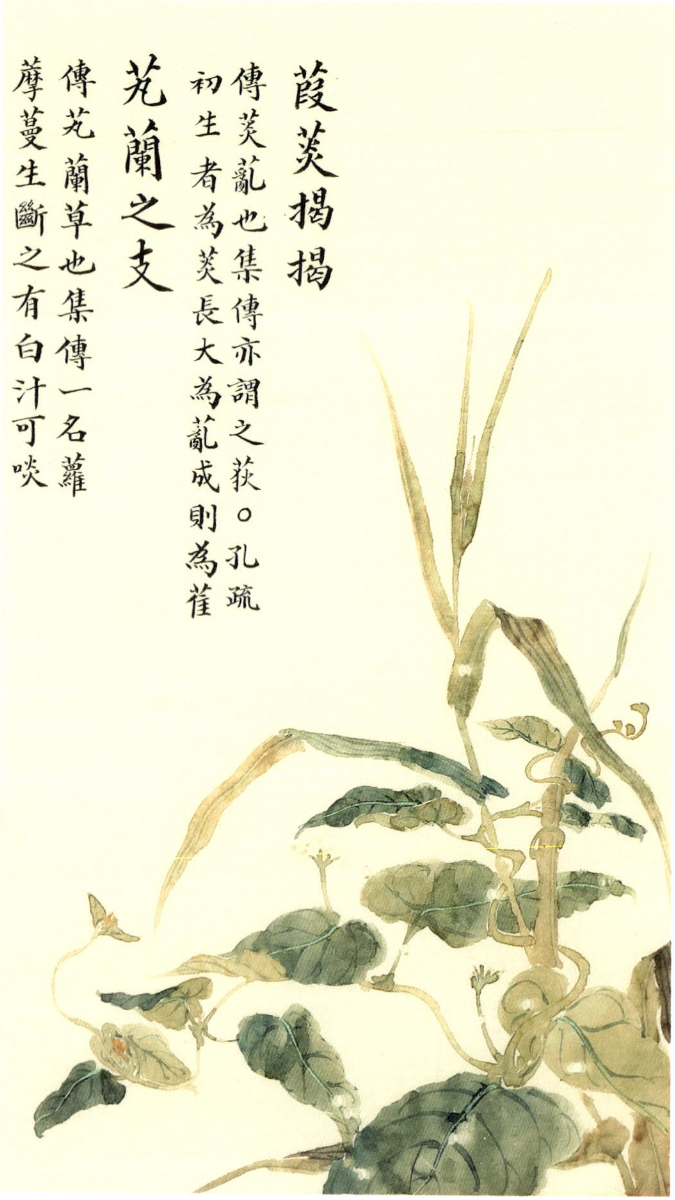

葭菼揭揭
傳菼薍也集傳亦謂之荻○孔疏
初生者為菼長大為薍成則為萑
芄蘭之支
傳芄蘭草也集傳一名蘿
蘗蔓生斷之有白汁可啖

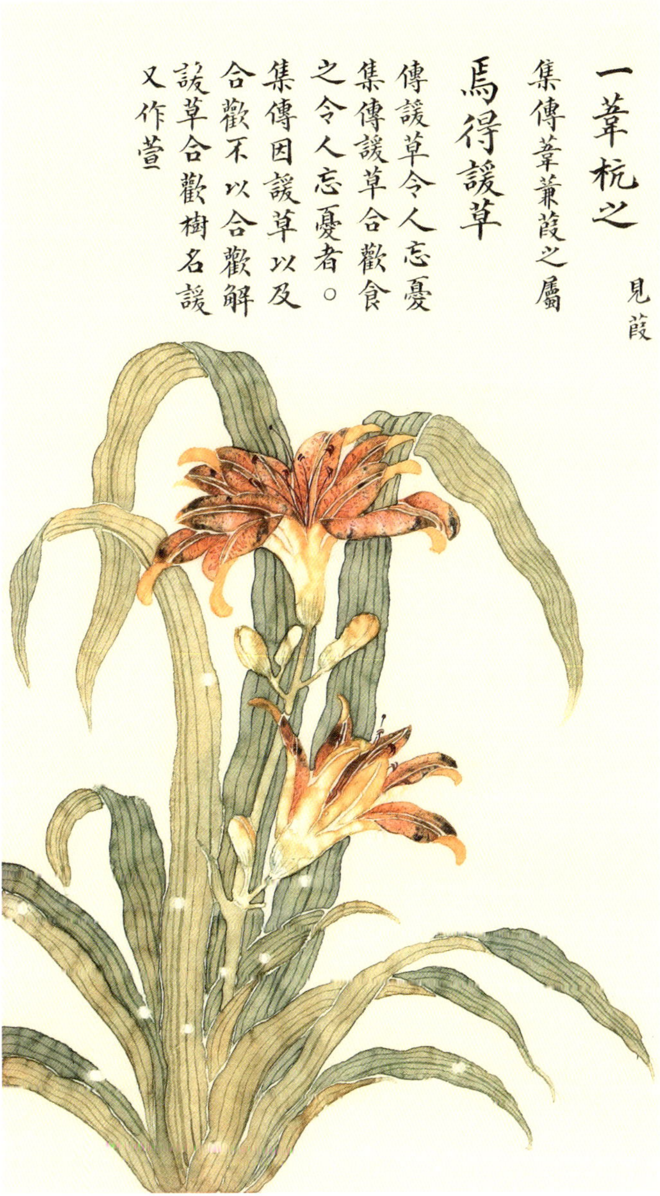
一葦杭之
見葭
集傳葦蒹葭之屬
焉得諼草
傳諼草令人忘憂
集傳諼草合歡食之令人忘憂者。
集傳因諼草以及合歡不以合歡解諼草合歡樹名諼又作萱

谁谓河广？一苇杭之。谁谓宋远？跂予望之。《卫风·河广》

焉得谖草，言树之背。愿言思伯，使我心痗。《卫风·伯兮》

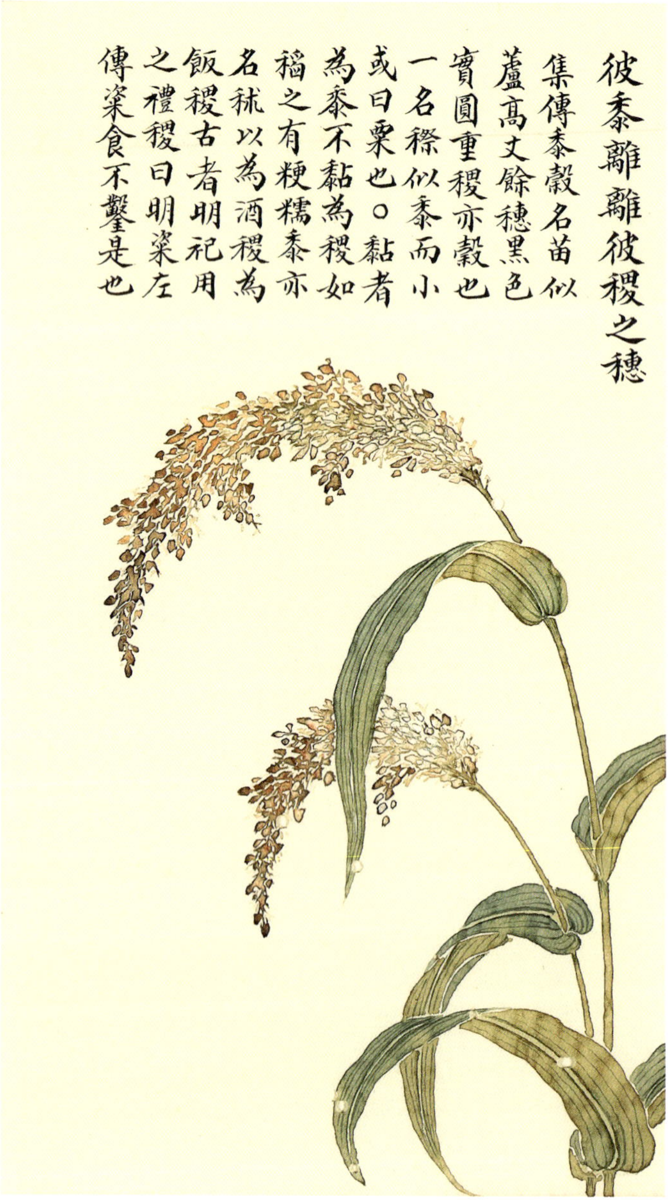
彼黍離離彼稷之穗
集傳黍穀名苗似
蘆高丈餘穗黑色
實圓重稷亦穀也
一名穄似黍而小
或曰粟也○黏者
為黍不黏為稷如
稻之有粳糯黍亦
名秫以為酒稷為
飯稷古者明祀用
之禮稷曰明粢左
傳粢食不鑿是也

彼黍离离，彼稷之穗。行迈靡靡，中心如醉。

《王风·黍离》

中谷有蓷

傳蓷鵻也集傳葉似萑方莖白華華生節間即今益母草也○萑當作茬孔疏引爾雅註誤茬作萑集傳亦訛耳郭註本作茬埤雅亦同

中谷有蓷，暵其干矣。有女仳离，慨其叹矣。

《王风·中谷有蓷》

彼采萧兮，一日不见，如三秋兮！

《王风·采葛》

彼采艾兮
傳艾所以療疾集
傳蒿屬乾之可灸
丘中有麻
集傳麻穀名
子可食皮可
績為布者

彼采艾兮，一日不见，如三岁兮！《王风·采葛》

丘中有麻，彼留子嗟。彼留子嗟，将其来施施。《王风·丘中有麻》

山有扶苏，隰有荷华。不见子都，乃见狂且。

《郑风·山有扶苏》

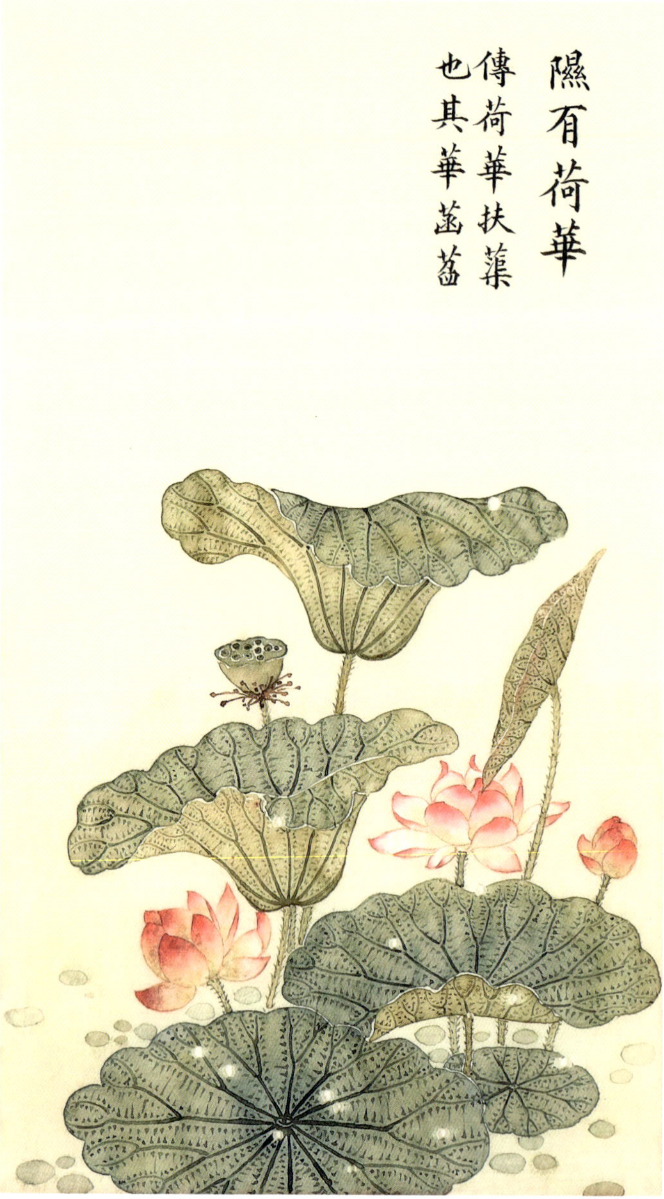
隰有荷華
傳荷華扶蕖
也其華菡萏

隰有游龍

傳龍紅草也集傳一名馬蓼葉大而色白生水澤中高丈餘○別錄云紅生水旁如馬蓼而大稻氏云按紅草墨記草俱名馬蓼陶云馬蓼即墨記草也

山有乔松，隰有游龙。不见子充，乃见狡童。

《郑风·山有扶苏》

东门之墠，茹藘在阪。其室则迩，其人甚远。

《郑风·东门之墠》

茹藘在阪

傳茹藘茅蒐也集傳一名茜可以染絳○茜一作蒨方莖蔓生葉似棗每節四五葉對生至秋開花結實如小椒

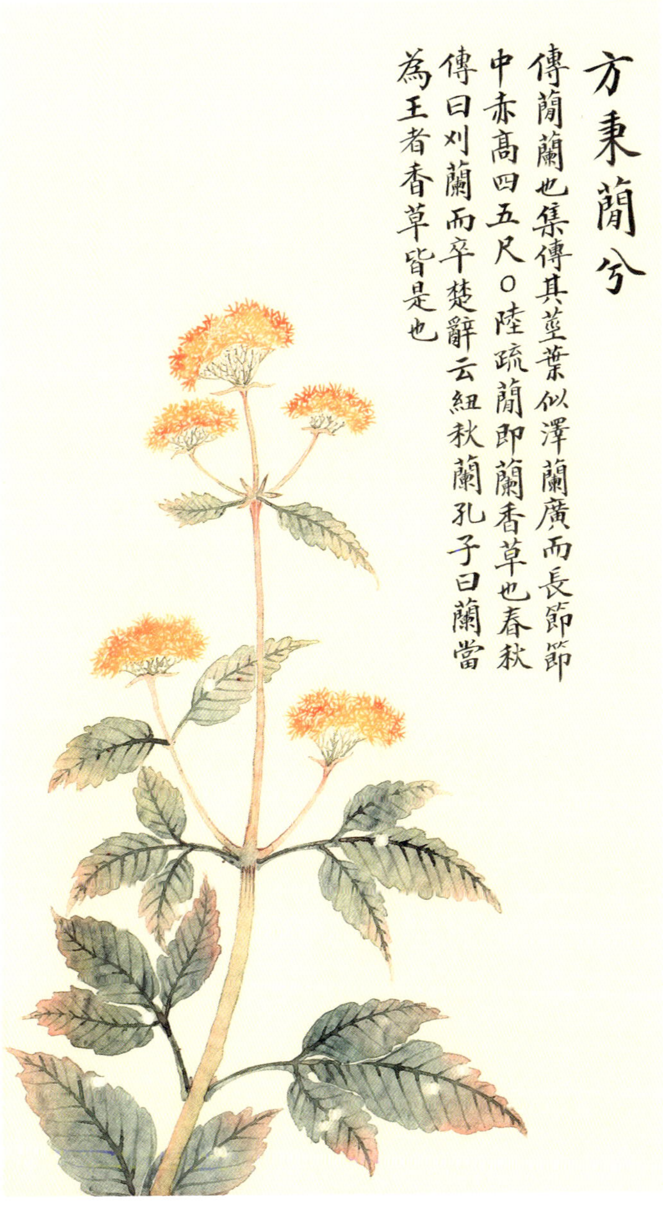
方秉蕑兮
傳蕑蘭也集傳其莖葉似澤蘭廣而長節節
中赤高四五尺○陸疏蕑即蘭香草也春秋
傳曰刈蘭而卒楚辭云紐秋蘭孔子曰蘭當
為王者香草皆是也

溱与洧，方涣涣兮。士与女，方秉蕑兮。

《郑风·溱洧》

维士与女，伊其相谑，赠之以勺药。

《郑风·溱洧》

贈之以勺藥

傳勺藥香草集傳三月開花芳色可愛。呂記陳氏曰勺藥者溱洧之地富有之詩人賦物有所因也陳淏子花鏡勺藥廣陵者為天下最近日四方競尚巧立名目約百種

維莠驕驕

集傳莠害苗之草也○爾雅翼莠者害苗之草說文但云禾粟下生莠而已先儒不適言何物韋昭解魯語云莠草似稷無實又韋曜問詩云甫田維莠今何物答曰今之狗尾也然後此物方顯今之狗尾草誠似稷而不結實無處不生

无田甫田，维莠骄骄。无思远人，劳心忉忉。

《齐风·甫田》

彼汾沮洳，言采其莫。彼其之子，美无度。

《魏风·汾沮洳》

彼汾一曲，言采其藚。彼其之子，美如玉。

《魏风·汾沮洳》

言采其莫

傳莫菜也集傳似柳葉厚而長有毛刺可為羹

未詳

言采其藚

傳藚水舄也集傳葉如車前草○集傳依陸璣以為澤瀉鄭浹漈云藚狀似麻黃亦謂之續斷其節拔可復續生沙阪稻氏云今俗呼杉菜是也

肃肃鸨行，集于苞桑。王事靡盬，不能蓺稻粱。

《唐风·鸨羽》

不能蓺稻粱

集傳稻即今南方所食稻米水生而色白者也粱粟類也有數色○稻一名稌秔糯之通稱粱統粟之名古者無粟名後世粟顯而粱隱矣

葛生蒙楚，蔹蔓于野。予美亡此，谁与？独处。

《唐风·葛生》

蘞蔓于野

集傳蘞草名似栝樓葉盛而細○陸疏其子正黑如燕薁不可食也毛晋云本草蘞有赤白黑三種疑此是黑蘞也即烏蘞莓

采苦采苦　見荼

傳苦苦菜也集傳生山田
及澤中得霜甜脆而美

蒹葭蒼蒼

傳蒹薕也集傳蒹似萑
而細高數尺又謂之薕

采苦采苦，首阳之下。人之为言，苟亦无与。

《唐风·采苓》

蒹葭苍苍，白露为霜。所谓伊人，在水一方。

《秦风·蒹葭》

榖旦于逝，越以鬷迈。视尔如荍，贻我握椒。

《陈风·东门之枌》

視爾如荍

傳荍芘芣也集傳又名荊葵紫色。李時珍云錦葵即荊葵也爾雅謂之荍其花大如五銖錢粉紅色有紫縷文

东门之池，可以沤纻。彼美淑姬，可与晤语。
《陈风·东门之池》

东门之池，可以沤菅。彼美淑姬，可与晤言。
《陈风·东门之池》

可以漚紵
集傳紵麻屬
可以漚菅
集傳菅葉似茅而滑澤莖有白粉柔韌宜爲索也○夏花者爲茅秋花者爲菅其別猶蒹之與萑也

防有鹊巢，邛有旨苕。谁侜予美？心焉忉忉。

《陈风·防有鹊巢》

邛有旨苕

傳苕草也集傳苕苕饒也莖如勞豆而細葉似蒺藜而青其莖葉綠色可生食如小豆藿也○此與苕之華不同

中唐有甓，邛有旨鹝。谁侜予美？心焉惕惕。

《陈风·防有鹊巢》

邛有旨鷊

傳鷊綬草也集傳小草雜色如綬○稲氏云貌地事立未知然否

彼泽之陂，有蒲与荷。有美一人，伤如之何？《陈风·泽陂》

隰有苌楚，猗傩其枝，夭之沃沃，乐子之无知。《桧风·隰有苌楚》

洌彼下泉，浸彼苞稂。忾我寤叹，念彼周京。《曹风·下泉》

有蒲與荷

集傳蒲水草可為席者

隰有萇楚

傳萇楚銚弋也集傳今羊桃也子如小麥亦似桃○萇楚在此方未顯

浸彼苞稂

傳稂童粱又稂莠皆害苗集傳莠屬　陸璣云禾秀為穗而不成崱嶷然謂之童粱今人謂之宿田翁又謂守田也然則禾之不成者亦通

浸彼苞蓍

傳蓍草也集傳筮草也〇本草圖經蓍其生如蒿作叢高五六尺一本一二十莖至多者三五十莖梗條直所以異於衆蒿也秋後有花出於枝端紅紫色形如菊稻氏云蓍草俗名白哥羅貌形狀與圖經相合始得白花者為慊後得紅紫色大知其真然也白哥羅貌淡紅花者近時花圃多出之稻氏所見蓋此也但未見有至數十莖者

冽彼下泉，浸彼苞蓍。忾我寤叹，念彼京师。

《曹风·下泉》

四月秀葽，五月鸣蜩。

《豳风·七月》

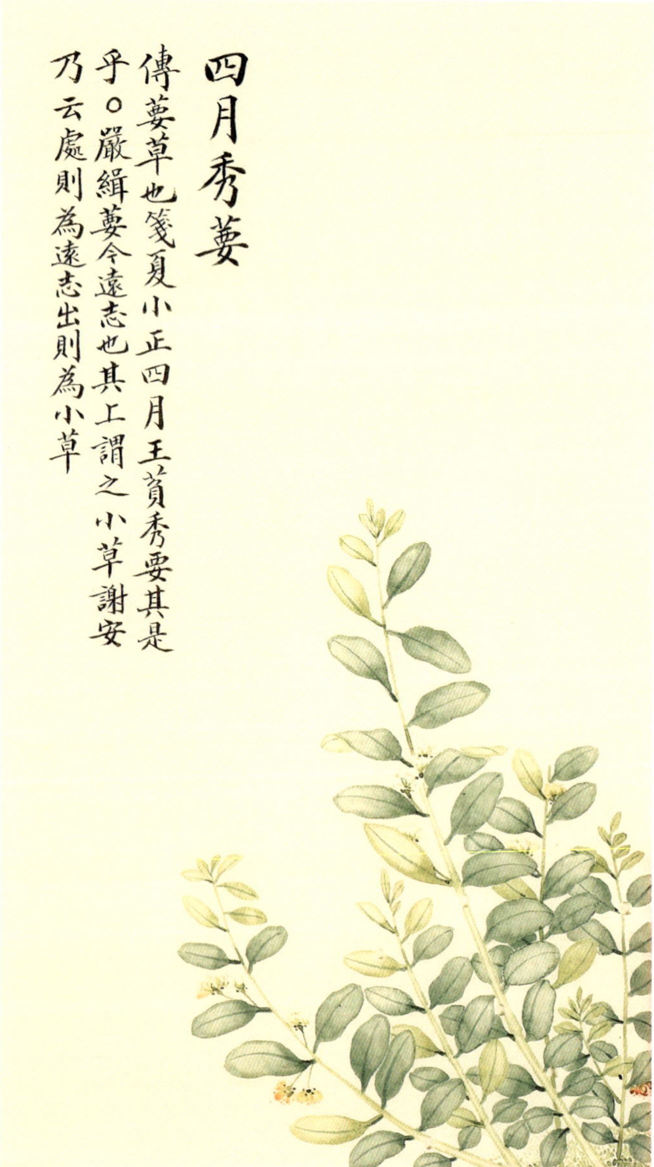
四月秀葽
傳葽草也箋夏小正四月王萯秀葽其是
乎○嚴緝葽今遠志也其上謂之小草謝安
乃云處則為遠志出則為小草

六月食郁及薁。

《豳风·七月》

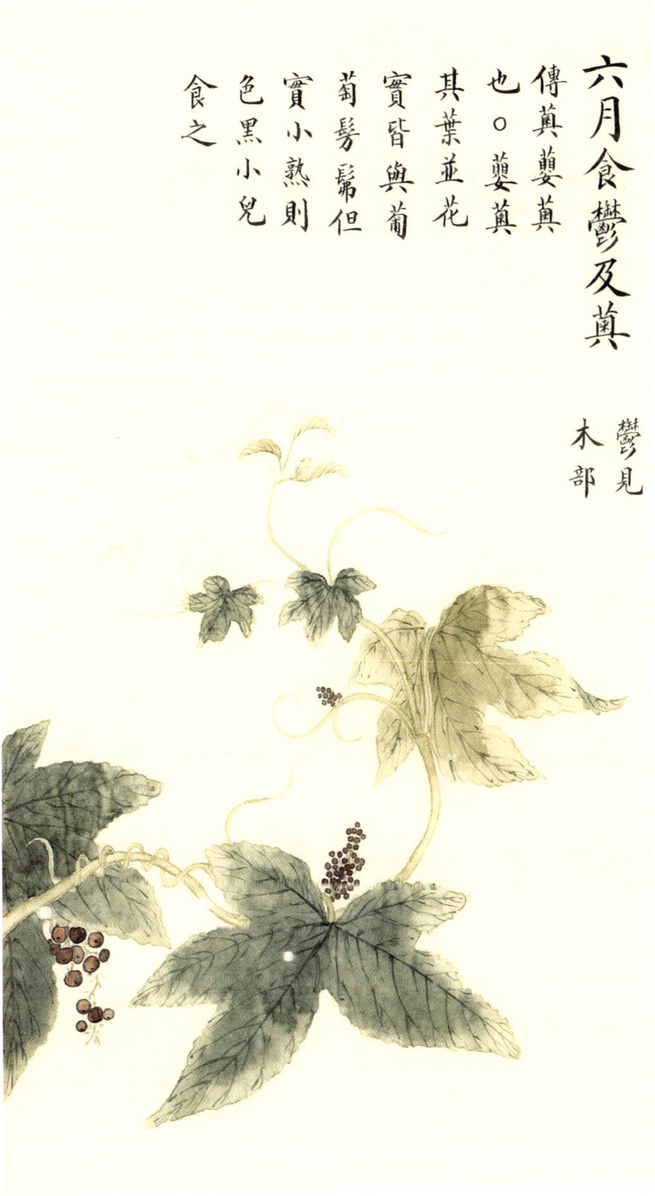
六月食鬱及薁
傳薁蘡薁
也○蘡薁
其葉並花
實皆與葡
萄髣髴但
實小熟則
色黑小兒
食之
鬱見
木部

七月亨葵及菽。

《豳风·七月》

七月烹葵及菽

集傳葵菜名菽豆也

○圖經葵處處有之苗葉作菜茹更甘美冬葵子古方入藥最多有蜀葵錦葵黃葵終葵菟葵皆有功用爾雅翼菽者衆豆之總名

葵菽

按通雅謂葵為欵冬非爾雅云菟葵顆凍其非葵明也方氏疑於葵後人不復食之故生此說苟以不食則菽亦采葉以為藿芼大牢饗賓客筐之筥之其謂之何食膳之宜古今異同不可強論也

七月食瓜，八月断壶。《豳风·七月》

黍稷重穋，禾麻菽麦。《豳风·七月》

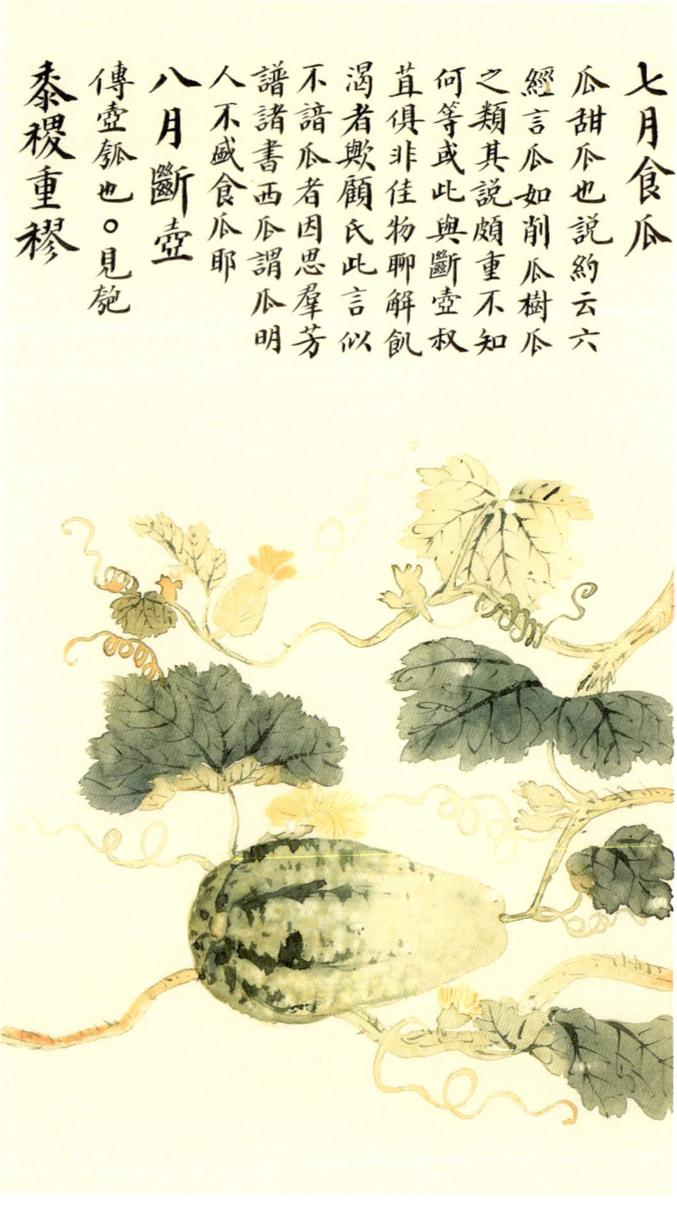
七月食瓜
瓜甜瓜也說約云六
經言瓜如削瓜樹瓜
之類其說頗重不知
何等或此與斷壺叔
苴俱非佳物聊解飢
渴者歟顧氏此言似
不諳瓜者因思羣芳
譜諸書西瓜謂瓜明
人不盛食瓜耶
八月斷壺
傳壺瓠也○見匏
黍稷重穋

傳後熟曰重先熟曰穋集傳先種後熟曰重後種先熟曰穋○穋說文作稑云疾熟也重是屋枯的穋是華設辨解錯矣

九月叔苴

傳苴麻子也

獻羔祭韭

集傳韭菜名

九月叔苴。采荼薪樗，食我农夫。《豳风·七月》

四之日其蚤，献羔祭韭。《豳风·七月》

我来自东，零雨其濛。果臝之实，亦施于宇。

《豳风·东山》

果臝之實
傳果臝栝樓也
○爾雅果臝之
實栝樓李巡曰
栝樓子名也孫
炎曰齊人謂之
天瓜

草部

食野之苹

傳苹蓱也箋苹藾蕭也集傳藾蕭青色白莖如筋○嚴緝釋草苹有二種一云苹蓱其大者蘋此水生之苹也一云苹藾蕭郭璞云今藾蒿也此陸生之苹也即鹿所食是也藾蒿今未詳為何物故從毛說

呦呦鹿鸣，食野之苹。我有嘉宾，鼓瑟吹笙。

《小雅·鹿鸣》

呦呦鹿鸣，食野之蒿。我有嘉宾，德音孔昭。

《小雅·鹿鸣》

食野之蒿

傳蒿菣也集傳即青蒿也○按蒿之為青蒿舊說不可改或辨為統名反泛矣

食野之苓

傳苓草也集傳莖如釵股葉如竹蔓生○苓無地不生有二種大曰和被十黄小曰迷被十黄葉如竹而柔輭宜牛馬食之

甘瓠纍之

集傳東萊呂氏曰瓠有甘有苦甘瓠則可食者也○見匏

呦呦鹿鸣，食野之芩。我有嘉宾，鼓瑟鼓琴。《小雅·鹿鸣》

南有樛木，甘瓠累之。君子有酒，嘉宾式燕绥之。《小雅·南有嘉鱼》

南山有台，北山有莱。乐只君子，邦家之基。

《小雅·南山有台》

南山有臺

傳臺夫須也集傳即莎草也○陸疏舊說夫須莎草也可為蓑笠都人士云臺笠緇撮傳云臺所以禦雨是也稻氏云臺今人呼為思絜似莎草而大生水中可以為笠及蓑衣此與莎草不同

北山有萊

傳萊草也集傳草名葉香可食者也○陸疏廣要諸韻書俱引草木疏云萊藜也今疏本文不載可見陸疏逸去者甚多

南山有台，北山有莱。乐只君子，邦家之基。

《小雅·南山有台》

菁菁者莪，在彼中阿。既见君子，乐且有仪。

《小雅·菁菁者莪》

菁菁者莪

傳莪蘿蒿也○陸疏莪蒿也一名蘿蒿生澤田漸洳之處葉似邪蒿而細科生按蘿蒿今人呼為朝鮮菊葉似青蒿而細又似胡蘿蔔葉四月開白花類茼蒿蔘莪所謂匪莪伊蒿蓋以相似而起興也蒿即青蒿

薄言采芑

傳芑菜也集傳苦菜也青白色摘其葉有白汁出肥可生食亦可蒸為茹即今苦買菜宜馬食軍行采之人馬皆可食也○芑是苦菜而青白色者即白苣也

無啄我粟

辨解可從

薄言采芑，于彼新田，于此菑亩。

《小雅·采芑》

黄鸟黄鸟，无集于榖，无啄我粟。

《小雅·黄鸟》

我行其野，言采其蓫。昏姻之故，言就尔宿。

《小雅·我行其野》

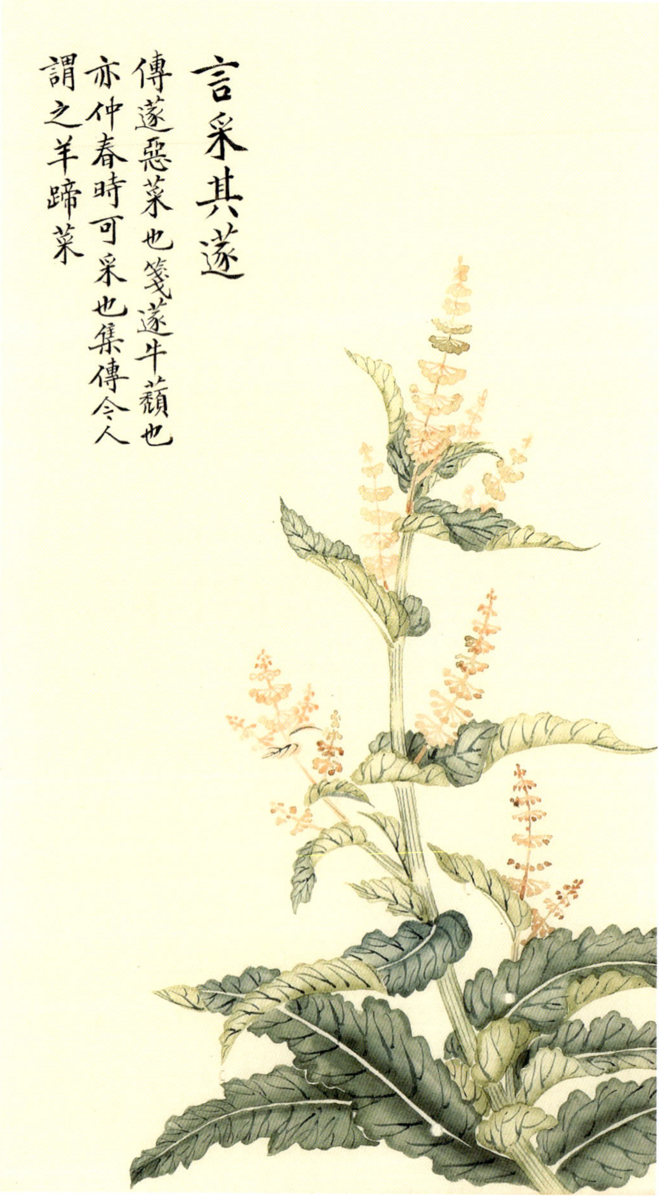
言采其蓫
傳蓫惡菜也箋蓫牛蘈也
亦仲春時可采也集傳今人
謂之羊蹄菜

我行其野，言采其葍。不思旧姻，求尔新特。

《小雅·我行其野》

言采其葍

傳葍惡菜也箋葍䔰也亦仲春時生可采也○江氏云草木志略商陸根曰葍曰䔰乃今之山牛蒡也

下莞上簟，乃安斯寝。乃寝乃兴，乃占我梦。

《小雅·斯干》

下莞上簟

箋莞小蒲之席也集傳蒲席也 按漢書註莞今謂之蔥蒲則蒲莞之別可知此方人謂之紫忽貌

匪莪伊蔚

傳蔚牡菣也集傳三月始生四月始華如胡麻華而紫赤八月為角似小豆角銳而長○按牡菣二種一為齊頭蒿一為馬新蒿陸璣所釋即馬新蒿集傳因之耳

齊頭蒿

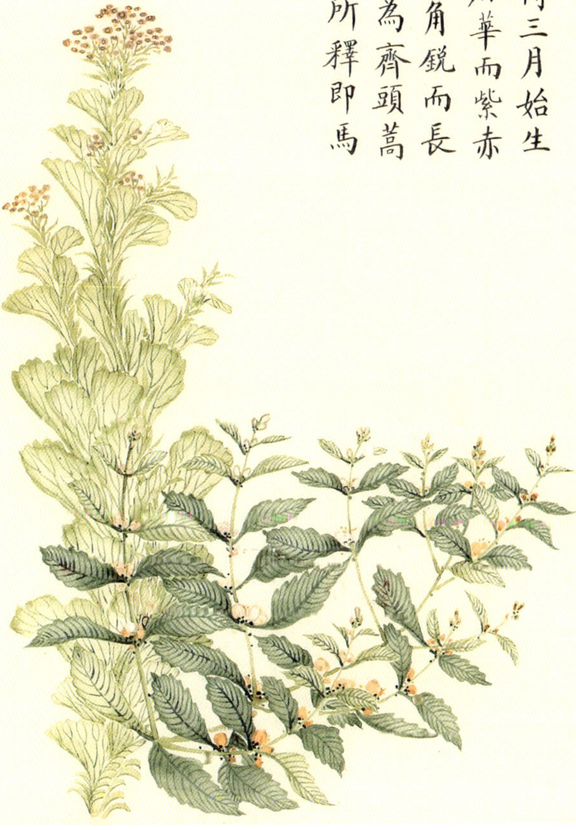

蓼蓼者莪，匪莪伊蔚。哀哀父母，生我劳瘁。

《小雅·蓼莪》

茑与女萝，施于松柏。未见君子，忧心奕奕。

《小雅・頍弁》

蔦與女蘿

傳女蘿兔絲松蘿也集傳女蘿兔絲也蔓連草上黄赤如金。廣雅兔邱兔絲也女蘿松蘿也陸疏兔絲蔓連草上黄赤如金松蘿自蔓松上生枝正青與兔絲殊異此等説二物辨得明白毛傳既失朱説亦錯遂致混淆説約辨之

言采其芹

箋芹菜也集傳水草可食

終朝采綠 見前

箋綠王芻也易得之菜也

終朝采藍

箋藍染草也藍有數種

一種蓼藍此方多種

白華菅兮 見前

傳白華野菅也已漚為菅○孔疏此白華亦是茅菅類也漚之柔韌異其名謂之為菅因謂在野未漚者為野菅也

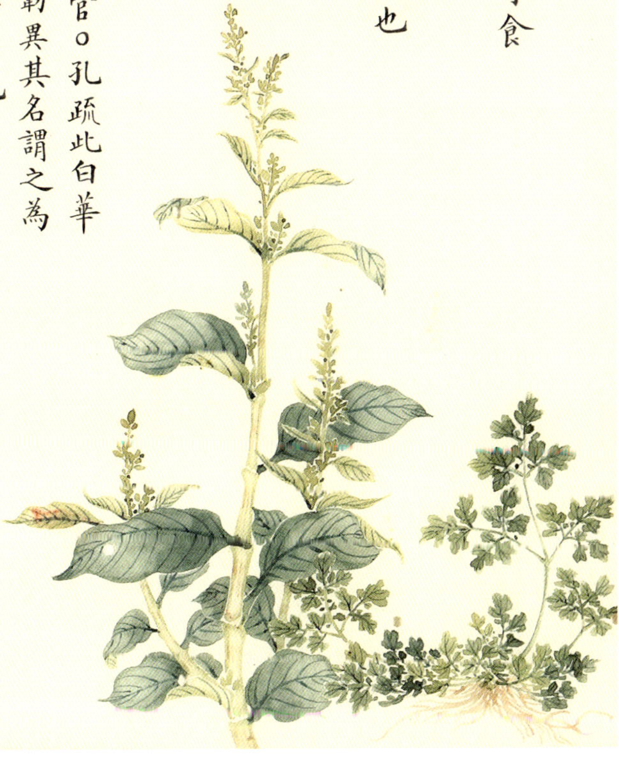

觱沸檻泉，言采其芹。君子来朝，言观其旂。

《小雅·采菽》

终朝采绿，不盈一匊。予发曲局，薄言归沐。

《小雅·采绿》

终朝采蓝，不盈一襜。五日为期，六日不詹。

《小雅·采绿》

苕之华，芸其黄矣。心之忧矣，维其伤矣！

《小雅·苕之华》

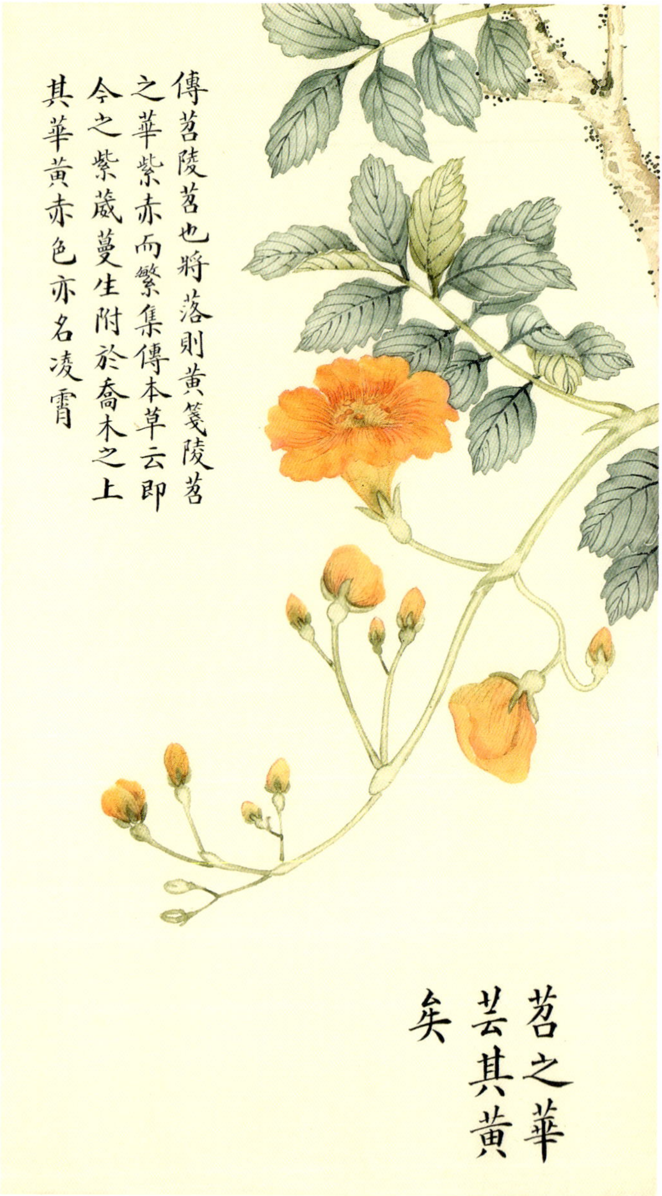
傳苕陵苕也將落則黃箋陵苕
之華紫赤而繁集傳本草云即
今之紫葳蔓生附於喬木之上
其華黃赤色亦名淩霄
苕之華
芸其黃
矣

周原膴膴，堇荼如饴。

《大雅·绵》

堇荼如飴

傳堇菜也集傳堇烏頭也○孔疏謂堇即烏頭集傳從之然此堇非烏頭古義辨之唐本草注堇菜野生非人所種葉似蕺花紫色此云思蜜列也荼苦菜

蓺之荏菽，荏菽旆旆。《大雅·生民》
诞降嘉种，维秬维秠，维穈维芑。《大雅·生民》

蓺之荏菽

傳荏菽戎菽也箋大豆也
○管子山戎出荏菽布之天下註即胡豆也胡豆一名戎菽

維秬維秠

傳秬黑黍也秠一稃二米也
孔疏秬是黑黍之大名一稃二米是其嘉異者别名為秠稃音孚穀皮也

維穈維芑

傳穈赤苗也芑白苗也集傳穈赤粱粟也芑白粱粟也

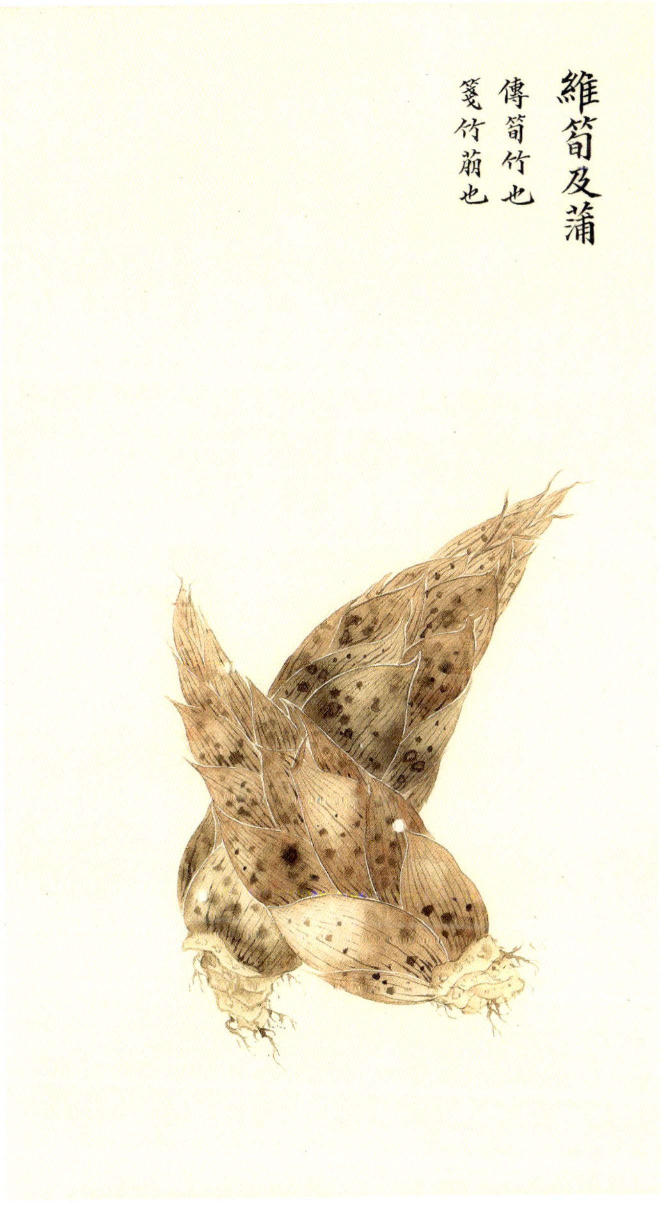
維筍及蒲
傳筍竹也
箋竹萌也

其殽维何？炰鳖鲜鱼。其蔌维何？维笋及蒲。

《大雅·韩奕》

立我烝民，莫匪尔极。贻我来牟，帝命率育。

《周颂·思文》

丰年多黍多稌，亦有高廪。

《周颂·丰年》

其笠伊纠，其镈斯赵，以薅荼蓼。

《周颂·良耜》

以薅荼蓼

傳蓼水草也集傳荼陸草蓼水草一物而有水陸之異也今南方人猶謂蓼為辣荼或用以毒溪取魚即所謂荼毒也○孔疏蓼是穢草荼亦穢草非苦菜也釋草云荼萎葉郭氏引此詩則此荼謂萎葉也

思乐泮水，薄采其茆。鲁侯戾止，在泮饮酒。

《鲁颂·泮水》

薄采其茆
傳茆鳧葵
也集傳葉
大如手赤
圓而滑江
南人謂之
蓴菜者也
○本草茆
是蓴菜然
鳧葵爲荇
菜一名

木部

桃之夭夭，灼灼其华。之子于归，宜其室家。

《周南·桃夭》

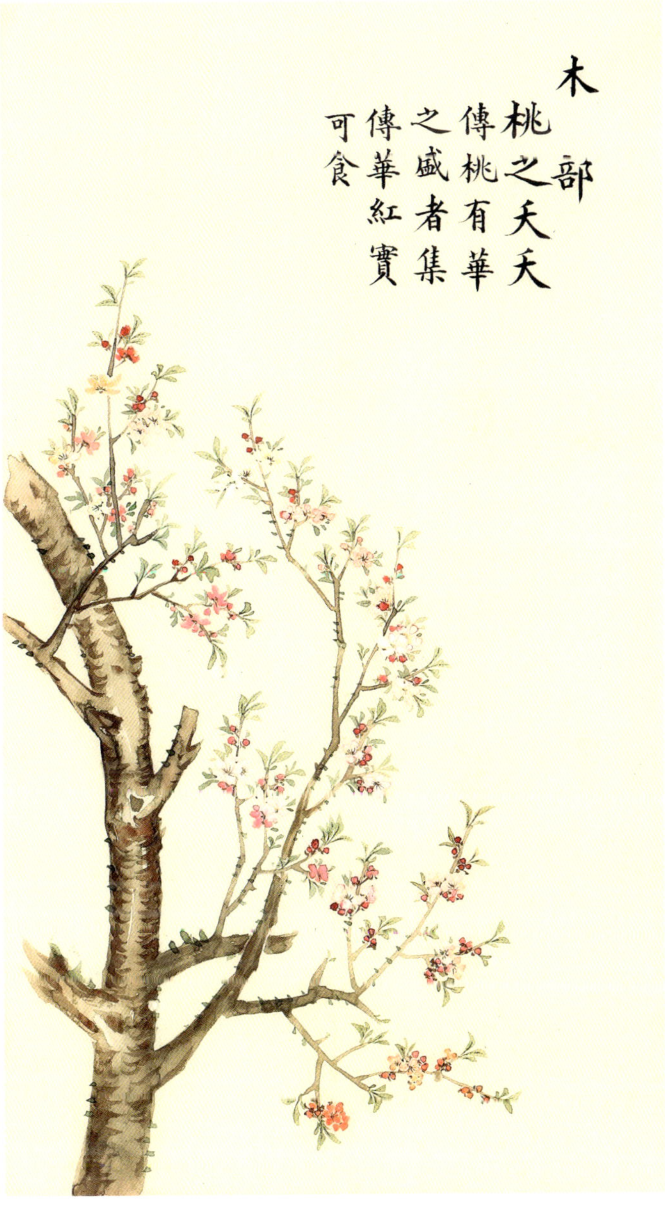
木部
桃之夭夭
傳桃有華
之盛者集
傳華紅實
可食

翘翘错薪，言刈其楚；之子于归，言秣其马。

《周南·汉广》

言刈其楚

箋楚雜薪之中尤翹翹者集傳荊屬。孔疏薪雖皆高楚尤翹翹而高也李時珍云牡荊其生成叢而疎爽故又謂之楚享保中來漢種今多有之其葉頗似參故俗呼參樹形狀如時珍所說

蔽芾甘棠

傳甘棠杜也集傳杜梨也白者為棠赤者為杜○棠梨野梨也此云穀利莫[illegible]又云革他柰施山中處處有之樹似梨而小葉有圓者斜者三叉者實如小楝子有赤白味不佳

蔽芾甘棠，勿翦勿伐，召伯所茇。

《召南·甘棠》

摽有梅，其实七兮。求我庶士，迨其吉兮。

《召南·摽有梅》

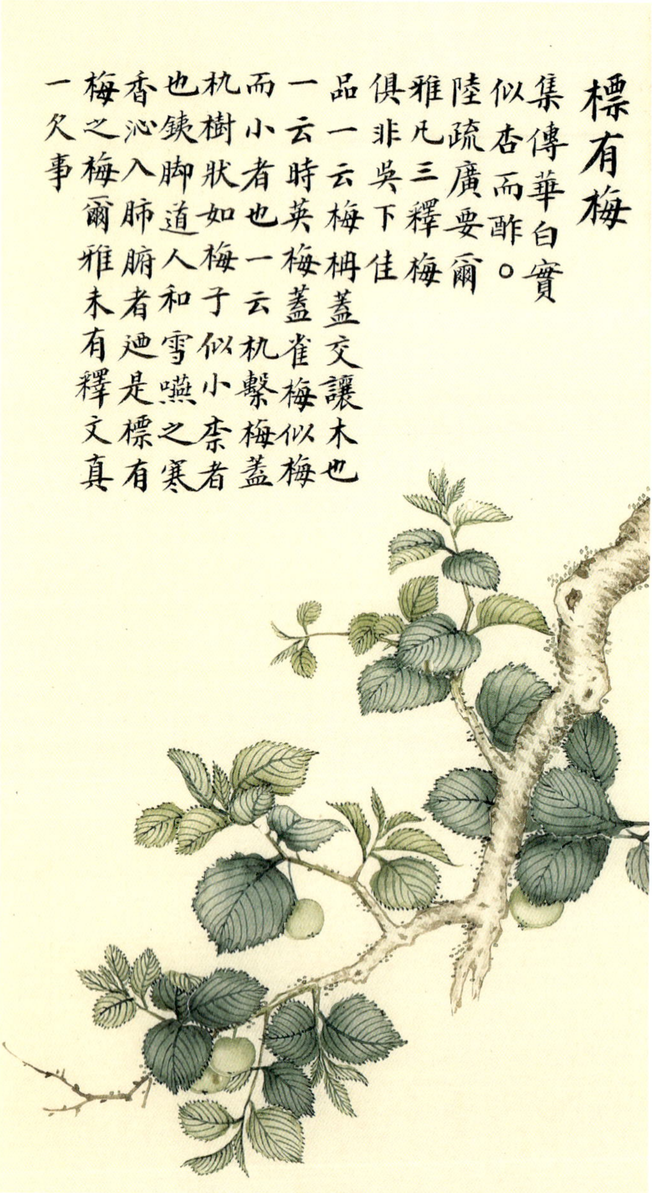
標有梅
集傳華白實似杏而酢○
陸疏廣要爾雅凡三釋梅俱非吳下佳品一云梅枏蓋交讓木也一云時英梅蓋雀梅似梅而小者也一云机繫梅蓋机樹狀如梅子似小柰者也銕脚道人和雪嚥之寒香沁入肺腑者迺是標有梅之梅爾雅未有釋文真一欠事

林有朴樕，野有死鹿。白茅纯束，有女如玉。

《召南·野有死麇》

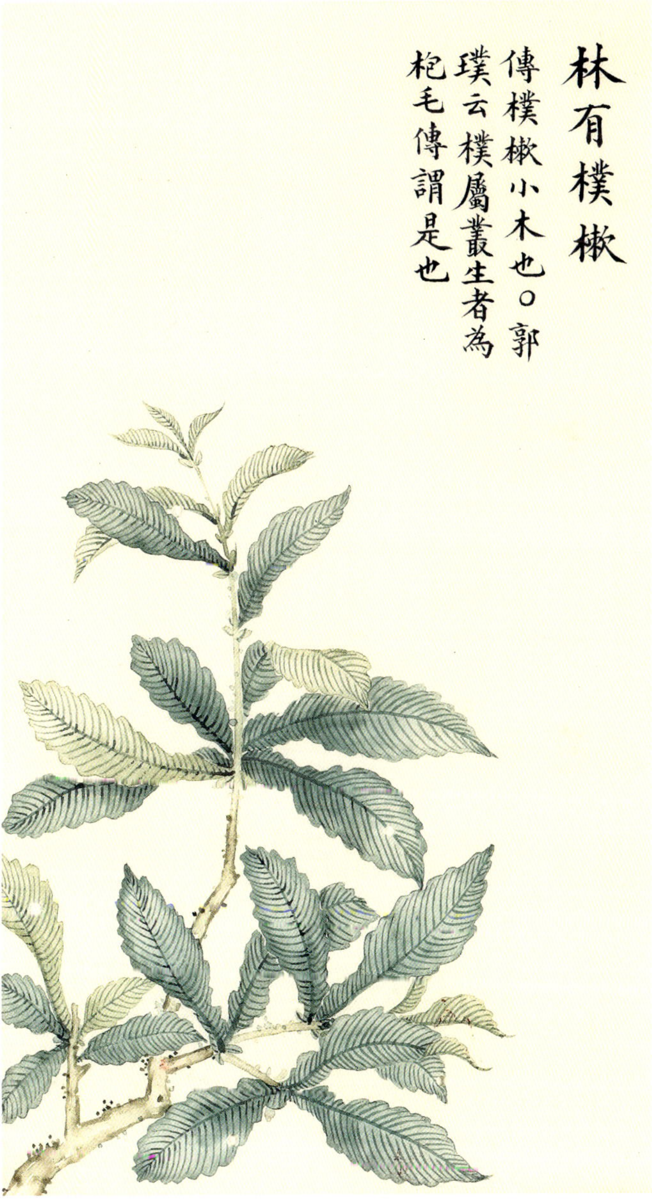
林有樸樕
傳樸樕小木也○郭
璞云樸屬叢生者為
枹毛傳謂是也

何彼襛矣，唐棣之华。曷不肃雍，王姬之车。

《召南·何彼襛矣》

唐棣之華

傳唐棣栘也集傳似白楊。名物疏唐棣常棣是二種爾雅云唐棣栘本草謂之扶栘木一名高飛一名獨摇自是楊類雖得棣名而實非棣也

何彼襛矣，华如桃李。平王之孙，齐侯之子。

《召南·何彼襛矣》

汎彼柏舟

傳柏木所以宜爲舟也○羣芳譜柏一名椈樹聳直皮薄肌膩三月開細鎖花結實成毬狀如小鈴多瓣九月熟霜後瓣裂中有子大如麥芬香可愛種類非一入藥惟取葉扁而側生者名側柏此方柏亦多種類扁柏爲貴園林多植之

泛彼柏舟，亦泛其流。耿耿不寐，如有隐忧。

《邶风·柏舟》

凯风自南，吹彼棘心。棘心夭夭，母氏劬劳。

《邶风·凯风》

吹彼棘心

傳棘難長養者集傳小木叢生多刺難長園有棘傳棘棗也○嚴緝李氏曰南風長養萬物物情喜樂故曰凱風棘酸棗也山陰陸氏曰棘性堅强費風之長養者四時纂要曰四月棗葉生凱風之時也魏風云園有棘棘酸棗也於果為下又釋木棗注引孟子趙岐注云膩棘小棗所謂酸棗也朱氏集解云樲棘小棗非美材也

山有榛，隰有苓。云谁之思？西方美人。

《邶风·简兮》

山有榛

集傳榛似栗而小。爾雅翼禮記鄭玄註言關中甚多此果關中秦地也榛之從秦蓋取此意榛子從朝鮮來此方亦多有之

树之榛栗，椅桐梓漆，爰伐琴瑟。

《鄘风·定之方中》

樹之榛栗

集傳榛栗二木其實榛小栗大○陸疏云倭韓國諸島上栗大如鷄子倭中栗丹波出者為佳大如鷄蛋味美

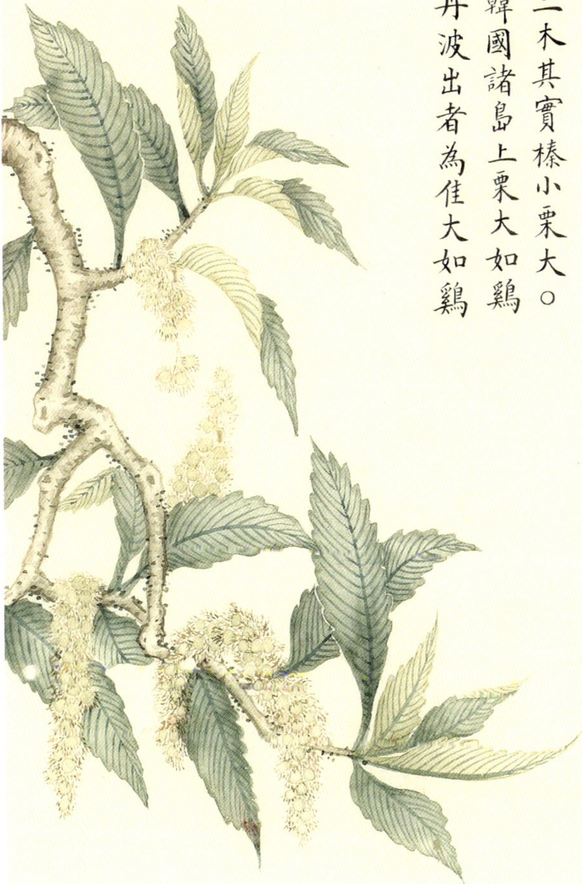

树之榛栗，椅桐梓漆，爰伐琴瑟。

《鄘风·定之方中》

椅桐梓漆

傳椅梓屬集傳椅梓實桐皮。埤雅椅即是梓梓即是楸蓋楸之疎理而白色者為梓梓實桐皮曰椅其實兩木大類同而小别也按椅梓同類而小異在古不甚分别故爾雅同釋詩人則分稱無有一定已此方梓謂之異異已里梓謂之挨革迷革施華楸謂之已索索傑

桐

集傳梧桐也。桐白桐也梧桐別見

梓

集傳楸之疎理白色而生子者○通志畧云梓與楸自異生子不生角此說雖非古亦能辨之

漆

集傳木有液黏黑可飾器物。嚴緝椅桐可為琴瑟梓漆可供器用但言伐琴瑟者取成句耳升彼虚矣，以望楚矣。望楚与堂，景山与京，降观于桑。

《鄘风·定之方中》

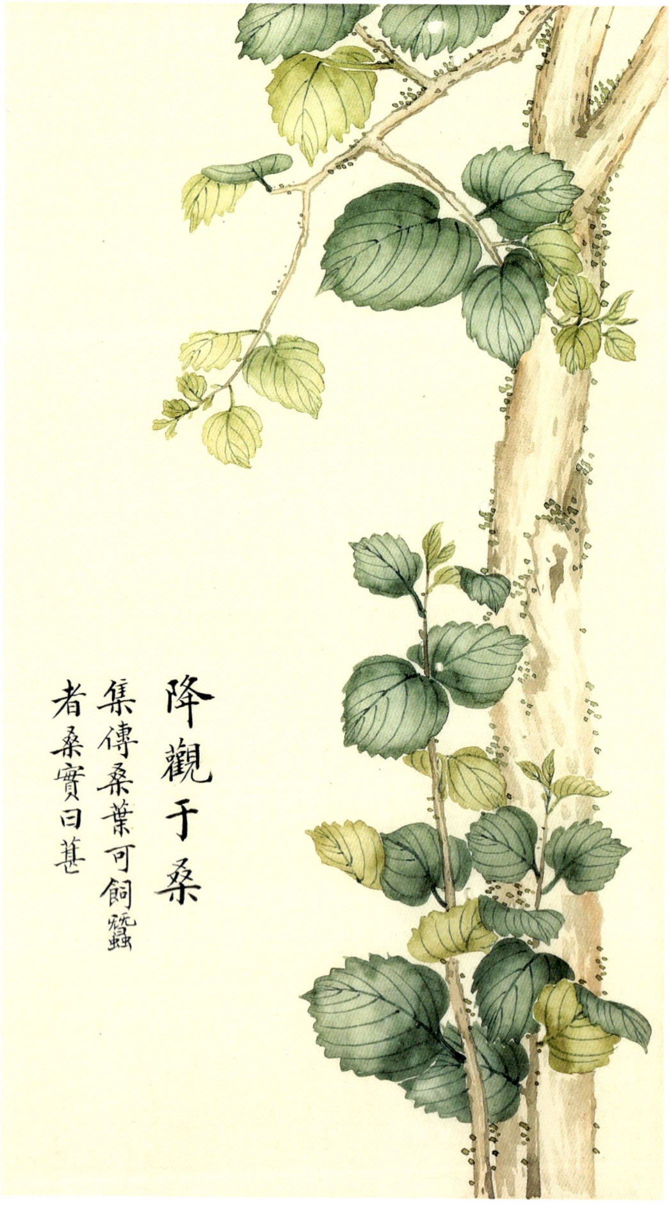

淇水滺滺，桧楫松舟。驾言出游，以写我忧。

《卫风·竹竿》

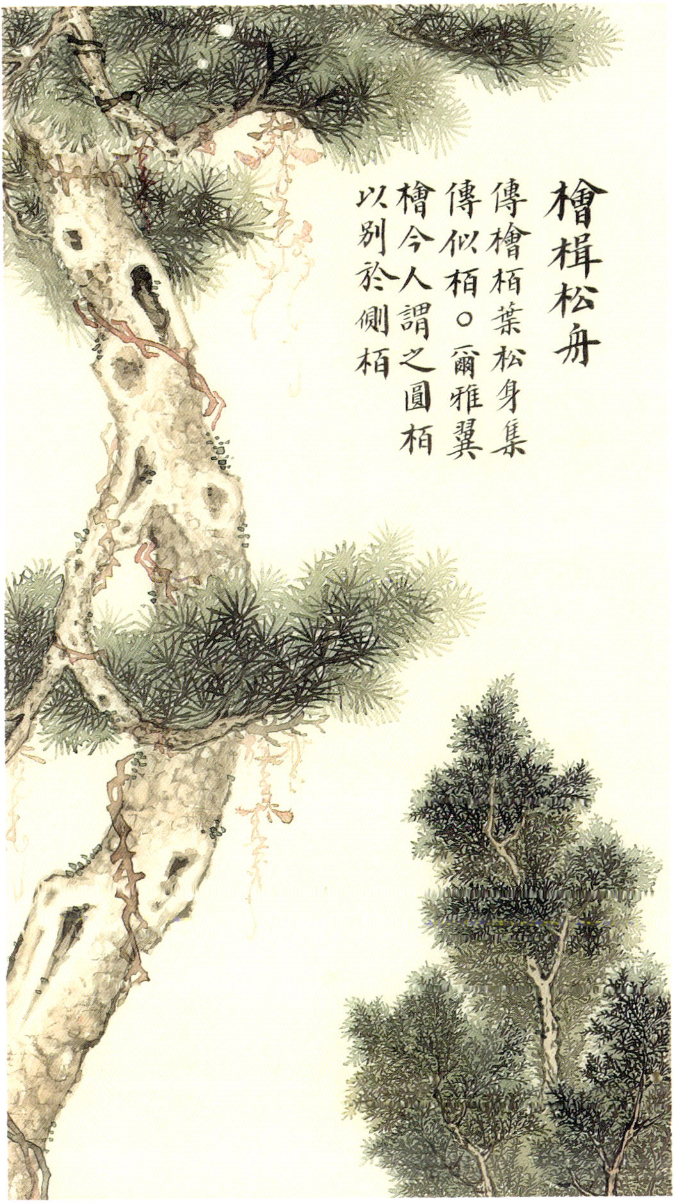
檜楫松舟
傳檜栢葉松身集
傳似栢○爾雅翼
檜今人謂之圓栢
以別於側栢

投我以木瓜

傳木瓜楙木也可食之木集傳實如小瓜酢可食○圖經木瓜其木狀似柰其花生於春末而深紅色其實大者如瓜小者如拳爾雅謂之楙郭保中來漢種官園在焉

投我以木桃　投我以木李

辨解云木桃木李直是桃李木字無意義蔡度說可從

投我以木桃，报之以琼瑶。

《卫风·木瓜》

投我以木李，报之以琼玖。

《卫风·木瓜》

扬之水，不流束蒲。彼其之子，不与我戍许。

《王风·扬之水》

不流束蒲

傳蒲草也箋蒲蒲柳集傳春秋傳云董澤之蒲杜氏云蒲楊柳可以為箭者是也○孔疏箋以首章言薪下言蒲楚則蒲楚是薪之木名不宜為草故易傳以蒲為柳陸璣疏云蒲柳有兩種皮正青者曰小楊其一種皮紅者曰大楊其葉皆長廣似柳葉皆可以為箭幹故春秋傳曰董澤之蒲可勝既乎今又以為箕罐之楊也

将仲子兮，无逾我里，无折我树杞。

《郑风·将仲子》

将仲子兮，无逾我园，无折我树檀。

《郑风·将仲子》

無折我樹杞

集傳杞柳屬也生水傍樹如柳葉麄而白色理微赤○嚴緝詩有三杞鄭風無折我樹杞柳屬也小雅南山有杞在彼杞棘山木也集于苞杞言采其杞隰有杞桋枸杞

無折我樹檀

傳檀彊韌之木集傳檀皮青滑澤材彊韌可為車○未詳

颜如舜華

傳舜木槿也集傳樹如李其花朝生暮落○埤雅槿一名舜蓋瞬之義取諸此花史等書舜為槿中一種非古義也

山有扶蘇

傳扶蘇扶胥小木也○孔疏釋木無文傳言扶胥小木者毛當有以知之未詳

有女同车，颜如舜华。将翱将翔，佩玉琼琚。

《郑风·有女同车》

山有扶苏，隰有荷华。不见子都，乃见狂且。

《郑风·山有扶苏》

折柳樊圃，狂夫瞿瞿。不能辰夜，不夙则莫。

《齐风·东方未明》

折柳樊圃

傳柳柔脆之木集傳揚之下垂者○埤雅柔脆易生與楊類同縱横顛倒植之皆生

山有樞

傳樞荎也集傳今刺榆也○陸疏樞其針刺如柘其葉如榆陳藏器云江南有刺榆無大榆刺榆秋實

山有枢，隰有榆。子有衣裳，弗曳弗娄。

《唐风·山有枢》

山有栲，隰有杻。子有廷内，弗洒弗扫。

《唐风·山有枢》

隰有榆

集傳榆白枌也○說約榆之類凡十餘種樞為刺榆則榆正總名也釋木云榆白枌孫炎曰榆白者為枌枌亦榆之一種陸璣釋榆云白枌也集傳因之非是

山有栲

傳栲山樗也集傳似樗色小白葉差狹

隰有杻

傳杻檍也集傳葉似杏而尖白色皮正赤其理多曲少直材可為弓弩幹者也○按陸璣云杻枝葉茂好二月中葉疏華如楝而細蕊正白正名曰萬歲既取名于億萬此即女貞木實如鼠屎者此方云年事容貌地一云的刺紫跋已大和本草檍為挨和已辨解為總名共非

椒聊之实，蕃衍盈升。彼其之子，硕大无朋。

《唐风·椒聊》

椒聊之實

傳椒聊椒也箋椒之性芬香而少實集傳椒似茱萸有針刺其實味辛而香烈聊語助也　毛晉據爾雅朻者聊疑椒聊之聊非語辭可謂穿鑿矣

有杕之杜

傳杜赤棠也○見甘棠

集于苞栩

傳栩杼也集傳柞櫟也其子為皂斗殼可以染皂者是也○陸疏徐州人謂櫟為杼或謂之為栩其實為皂栩櫟為一物

有杕之杜，生于道左。彼君子兮，噬肯适我？《唐风·有杕之杜》

肃肃鸨羽，集于苞栩。王事靡盬，不能蓺稷黍。《唐风·鸨羽》

阪有桑，隰有杨。既见君子，并坐鼓簧。《秦风·车邻》

终南何有？有条有梅。君子至止，锦衣狐裘。《秦风·终南》

山有苞栎，隰有六驳。未见君子，忧心靡乐。《秦风·晨风》

隰有楊

集傳楊柳之楊起者

有條有梅

傳條槄集傳條山楸也皮葉白色亦白材理好宜為車阪○爾雅槄山榎注今之山楸此與條柚之條不同

梅傳枏也○陸疏梅似豫章大木也名物疏陸璣所釋有條有梅自是枏木似豫章者豫章大樹可以為棺舟者也條梅二木共未詳

山有苞櫟

傳櫟木也

○見栩

隰有六駮

傳駮如馬倨牙食虎豹集傳駮梓榆也其青皮白如駮。駮駮音同集傳依陸疏辨解云青皮當作皮青陸疏云山有苞棣隰有樹檖皆山隰之木相配不宜謂獸

山有苞栎，隰有六驳。未见君子，忧心靡乐。

《秦风·晨风》

山有苞棣，隰有树檖。未见君子，忧心如醉。

《秦风·晨风》

山有苞棣

傳棣唐棣也。按唐棣當是常棣傳云唐棣栘常棣棣也正與爾雅合然則不得謂棣為唐棣常棣見下

隰有樹檖

傳檖赤羅也集傳實似梨而小酢可食。埤雅檖木文細密如羅亦有華者俗謂之羅錦

東門之枌
傳枌白榆也集傳先
生葉卻著莢皮色白
猗彼女桑
傳女桑荑桑也箋
女桑少枝長條不
枝落者集傳小桑
也

东门之枌，宛丘之栩。子仲之子，婆娑其下。

《陈风·东门之枌》

蚕月条桑，取彼斧斨。以伐远扬，猗彼女桑。

《豳风·七月》

六月食郁及薁，七月亨葵及菽。

《豳风·七月》

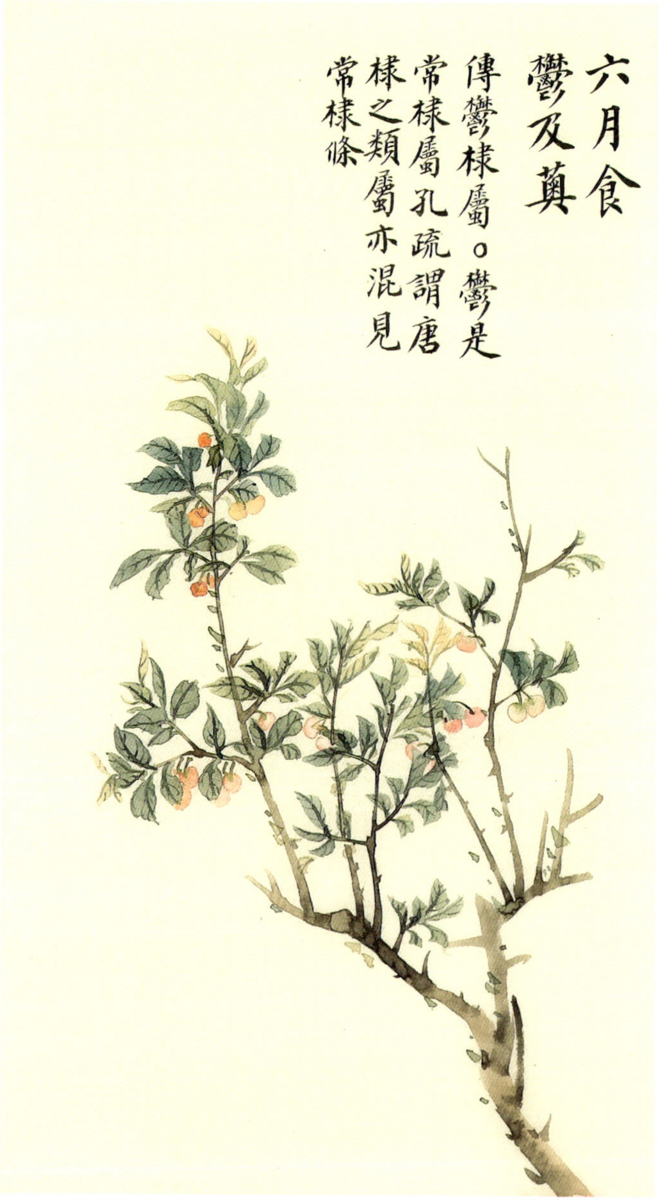
六月食
鬱及薁
傳鬱棣屬。鬱是
常棣屬孔疏謂唐
棣之類屬亦混見
常棣條

八月剥枣，十月获稻。

《豳风·七月》

采荼薪樗，食我农夫。

《豳风·七月》

采荼薪樗

傳樗惡木也○陸疏樗樹及皮皆似漆青色耳其葉臭圖經椿樗二木形榦大抵相類但椿木實而葉香樗木疎而氣臭

翩翩者鵻，载飞载止，集于苞杞。

《小雅·四牡》

常棣之华，鄂不韡韡。凡今之人，莫如兄弟。

《小雅·常棣》

彼尔维何？维常之华。彼路斯何？君子之车。

《小雅·采薇》

常棣之華

傳常棣棣也集傳子如櫻桃可食○常棣注本或作棠棣埤雅棠棣如李而小子如櫻桃正白花蕚上承下覆甚相親爾致富全書榔李俗名壽李高五六尺叢生開細花或紅或白繁穠可愛綱目郁李郁馥郁也花實俱香故以名之爾雅常棣即此此方郁李樹二種曰尼黃索忽賴常棣是也曰尼黃烏眉七月鬱是也

維常之華 傳常棣也

楊柳依依

傳楊柳蒲柳也○楊柳一物二種如楊柳依依則合而言之非有差別

南山有杞

集傳杞樹如樗一名狗骨

昔我往矣，杨柳依依。今我来思，雨雪霏霏。《小雅·采薇》

南山有杞，北山有李。乐只君子，民之父母。《小雅·南山有台》

南山有枸，北山有楰。乐只君子，遐不黄耇。

《小雅·南山有台》

南山有枸

傳枸枳枸集傳樹高大似白楊有子著枝端大如指長數寸噉之甘美如飴八月熟亦名木蜜

北山有楰

傳楰鼠梓集傳樹葉木理如楸亦名苦楸○圖經鼠梓楸屬鼠李一名鼠梓或云即此然花實都不相類恐别一物而名同爾

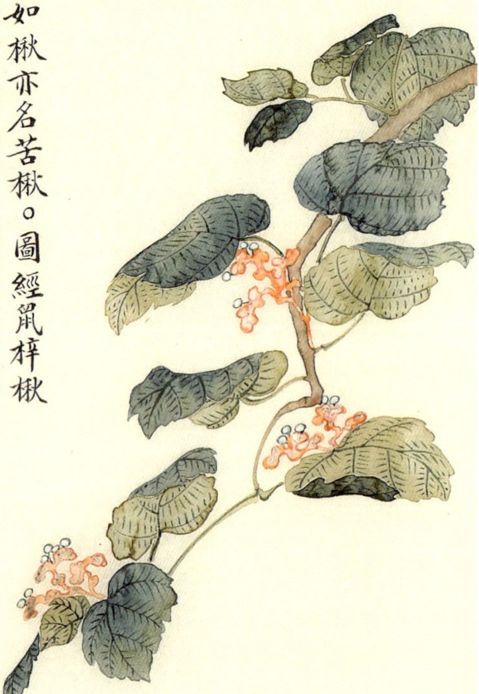

其下維穀

傳穀惡木也集傳一名楮。穀亦作構酉陽雜俎穀田久廢必生構葉有瓣曰楮無瓣曰構陸疏今江南人績其皮為布又擣以為紙謂之穀皮紙長數丈潔白甚好

隰有杞桋

傳杞枸檵也桋赤楝也集傳桋樹葉細而岐銳皮理錯戾好叢生山中中為車輞。杞見前桋未詳

乐彼之园，爰有树檀，其下维榖。《小雅·鹤鸣》

山有蕨薇，隰有杞桋。君子作歌，维以告哀。《小雅·四月》

茑与女萝，施于松柏。未见君子，忧心奕奕；既见君子，庶几说怿。

《小雅·頍弁》

蔦與女蘿
傳蔦寄生也集傳葉
似當盧子如覆盆子
赤黑甜美

維柞之枝

箋柞之葉新將生故乃落于地集傳櫟也柞棫拔矣註枝長葉盛叢生有刺○孔疏柞葉新將生故乃落于地其枝常有葉嚴緝曹氏曰柞堅忍之木其葉附著甚固此乃鑿子木但柞棫之柞當作柞櫟看而集傳似混柞櫟見栩

维柞之枝，其叶蓬蓬。乐只君子，殿天子之邦。

《小雅·采菽》

启之辟之，其柽其椐。

《大雅·皇矣》

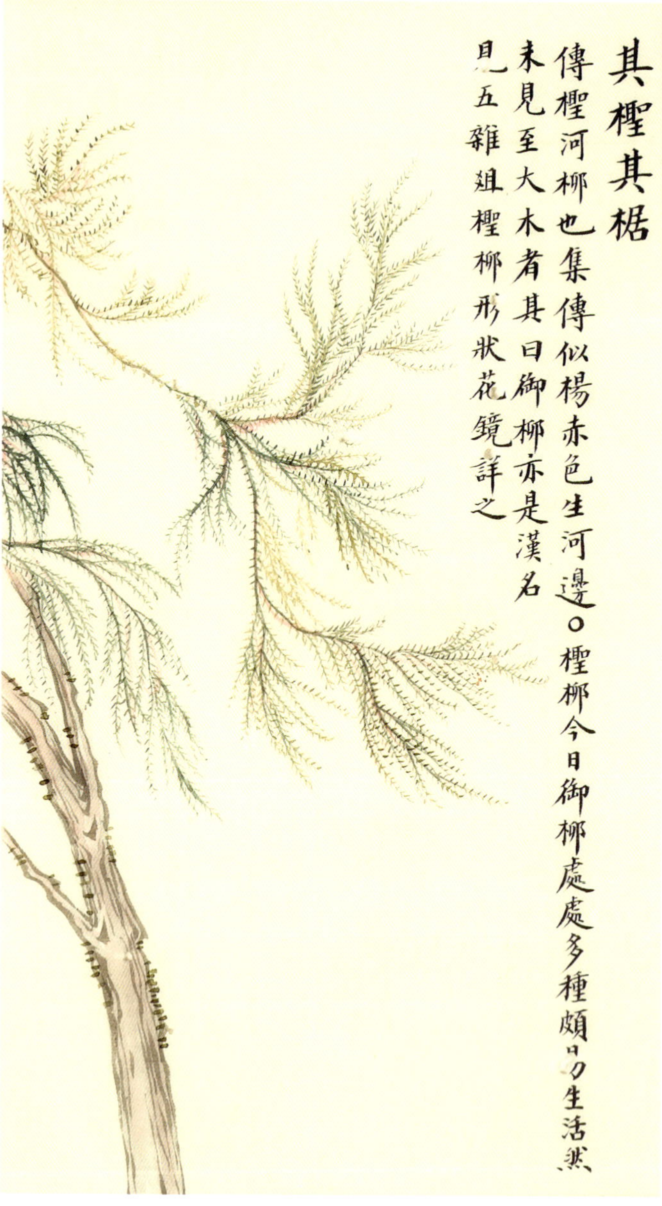
其檉其椐
傳檉河柳也集傳似楊赤色生河邊○檉柳今日御柳處處多種頗易生活然
未見至大木者其曰御柳亦是漢名
見五雜俎檉柳形狀花鏡詳之

攘之剔之，其檿其柘。

《大雅·皇矣》

椐傳樻也集傳腫節似扶老可為杖者○陸疏今靈壽是也漢書孔光年老賜靈壽杖師古註木似竹有枝節自然合杖制不須削治此方未詳何物辨解以呼山繡毬者充椐恐非其類

其檿其柘

傳檿山桑也集傳與柘皆美材可為弓幹又可蠶也○檿在此方未詳柘呼山桑者即是也

凤凰鸣矣，于彼高冈。梧桐生矣，于彼朝阳。

《大雅·卷阿》

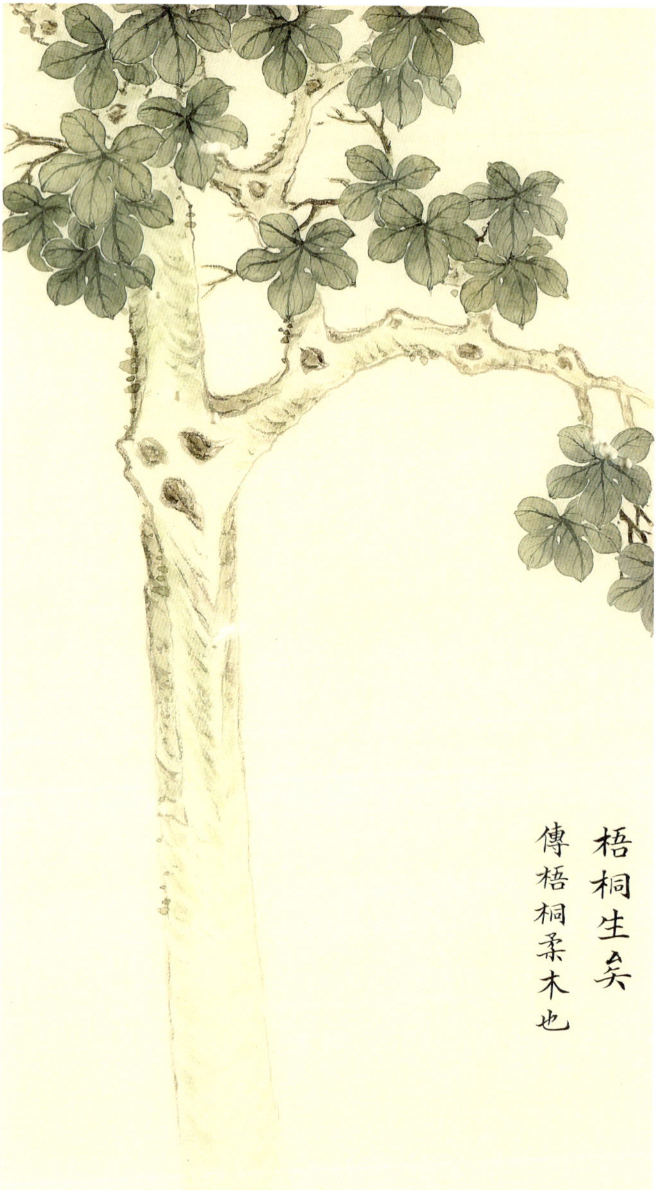

鳥部

鳥部

關關雎鳩

傳雎鳩王雎也鳥摯而有别集傳水鳥也狀類鳬鷖今江淮間有之生有定偶而不相亂偶常並遊而不相狎故毛傳以為摯而有别○摯與鷙通雎鳩鷙鳥也鶚翔水上扇魚攫而食之大小如鴟

关关雎鸠，在河之洲。窈窕淑女，君子好逑。

《周南·关雎》

黄鸟于飞，集于灌木，其鸣喈喈。

《周南·葛覃》

黃鳥于飛

傳黃鳥搏黍也集傳黃鳥鸝也○黃鳥鶯即黃鸝一名搏黍一名倉庚一名商倉一名鵹黃一名鸝鶬一名楚雀一名黃袍一名金衣公子吾國黃鳥希見南海山中有之大于紫寓密頭背黃綠腹淡白有眉黑色國中古來通以報春代充黃鳥取其音圓活亦可賞

维鹊有巢，维鸠居之。之子于归，百两御之。

《召南·鹊巢》

維鵲有巢
集傳鵲善為巢其巢最為完固○西海諸州多
有之大如慈烏長尾尖嘴尾翮黑白相雜

维鹊有巢，维鸠居之。之子于归，百两御之。

《召南·鹊巢》

維鳩居之

傳鳲鳩秸鞠也集傳鳩性拙
不能為巢或有居鵲之成巢者
○按毛氏以秸鵴解之然大抵
諸鳩拙于為巢故禽經云拙者
莫如鳩不能為巢此鳩不必指
一種秸鵴見下鳩古云也埋法
禿對異園法禿今人偏呼綠色
者為也埋法禿是青鶌也鴿為
異園法禿

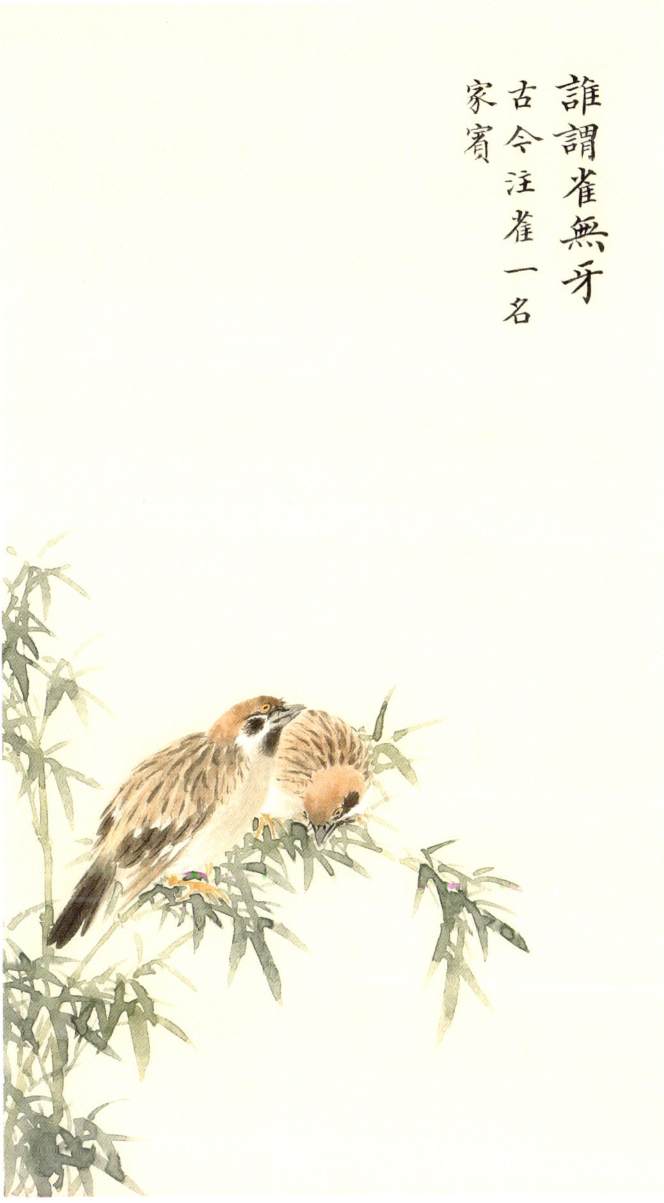
誰謂雀無牙
古今注雀一名
家賓

谁谓雀无角，何以穿我屋？谁谓女无家，何以速我狱？

《召南·行露》

燕燕于飞，差池其羽。之子于归，远送于野。

《邶风·燕燕》

燕燕于飛
傳燕燕鳦也
集傳謂之燕
燕者重言之
也○身輕小
胸紫而多聲
名越燕斑黑
臆白而聲大
名胡燕

雄雉于飞，泄泄其羽。我之怀矣，自诒伊阻。

《邶风·雄雉》

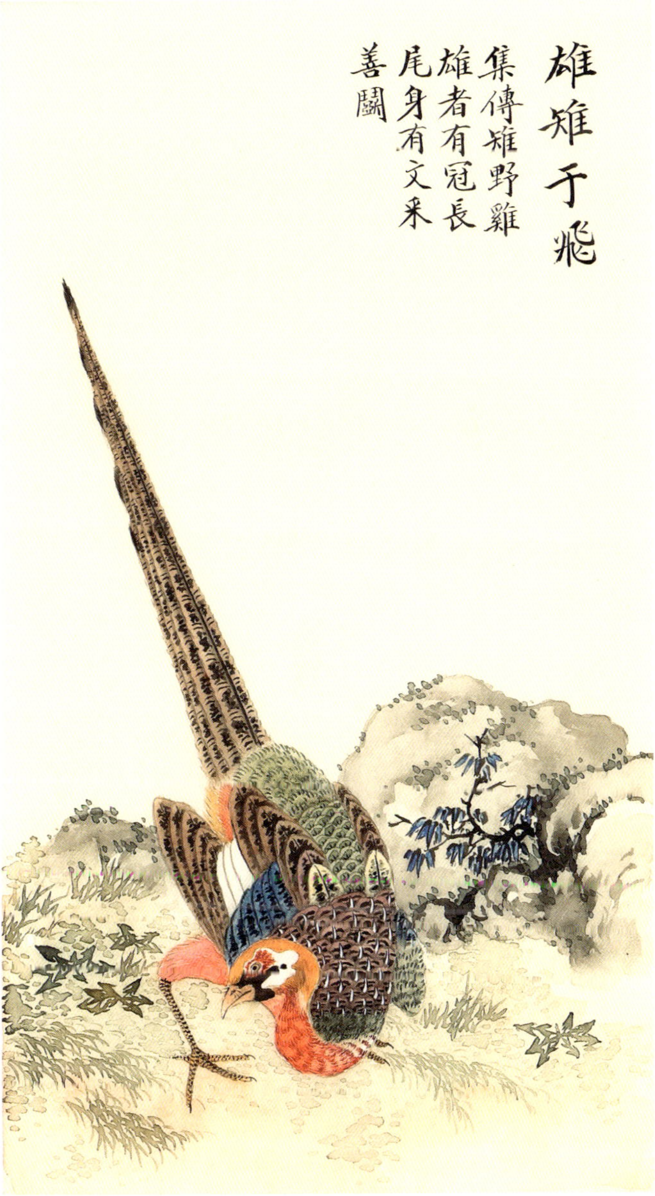
雄雉于飛
集傳雉野雞
雄者有冠長
尾身有文采
善鬭

雍雍鸣雁，旭日始旦。士如归妻，迨冰未泮。

《邶风·匏有苦叶》

流離之子

傳流離鳥也少好長醜○集傳以為漂散之義非鳥名按楊升菴文集引尹子曰詩詠流離史書梟獍流離鳥名少好長醜蓋毛鄭舊説也爾雅鳥少美長醜為鶹鷅郭云鶹鷅猶流離陸疏自關而西謂梟為流離流離之為鳥不可改也

琐兮尾兮，流离之子。叔兮伯兮，褎如充耳。

《邶风·旄丘》

莫赤匪狐，莫黑匪乌。惠而好我，携手同车。

《邶风·北风》

莫黑匪烏

集傳烏鵶黑色皆不祥之物人所惡見者也○烏之雌雄相似而難辨因樹屋書影云烏其翼左掩右者為雄右掩左者為雌一説焚其毛置水中沉者為雄浮者為雌此説是本草弘景謂恐止是鶕未詳其然

鱼网之设，鸿则离之。燕婉之求，得此戚施。

《邶风·新台》

鴻則離之
鴻雁于飛傳大曰
鴻小曰雁集傳鴻
雁之大者○鴻好
食菱實故俗呼肥
施古乙

鹑之奔奔，鹊之彊彊。人之无良，我以为兄。

《鄘风·鹑之奔奔》

鶉之奔奔
集傳鶉鵪屬○本
草鶉大如鷄雛頭
細而無尾有斑點
雄者足高雌者足
卑無斑者為鵪有
斑者為鶉此方未
見無斑者

于嗟鳩兮無食桑葚

傳鳩鶻鳩也食葚甚過則醉而傷其性集傳似山雀而小短尾青黑色多聲○小宛鳴鳩一物鶯鳩也嚴緝辨五鳩其說可從李時珍云今夏月出一種糠鳩微帶紅色小而成羣好食桑椹及半夏苗即此也

于嗟鸠兮，无食桑葚。于嗟女兮，无与士耽。

《卫风·氓》

鸡栖于埘，日之夕矣，羊牛下来。

《王风·君子于役》

子兴视夜，明星有烂。将翱将翔，弋凫与雁。

《郑风·女曰鸡鸣》

肃肃鸨羽，集于苞栩。王事靡盬，不能蓺稷黍。

《唐风·鸨羽》

有鴞萃止

見流離條

傳鴞惡聲之鳥也集傳鴟鴞惡聲之鳥也○大全濮氏曰漢書云霍山家鴞數鳴楚辭注鴟鴞二物又云鴟似鴞本草云其實一耳陸氏曰今謂之鵂鶹亦曰怪鴟㩳鴞一名梟又名鵩賈誼所賦是也此云福古魯鴟是怪鴟一名鴟鴞此云搖它各共惡聲之鳥瞻卬云為梟為鴟可知分明是二物但鴟又稱鴟鴞故致紛紜耳集傳鴞為鴟鴞者謬矣

鴥彼晨風

傳晨風鸇也　陸疏似鷂青黃色燕頷勾喙嚮風搖翮乃因風急疾擊鳩鴿燕雀而食之

墓门有梅，有鸮萃止。夫也不良，歌以讯之。

《陈风·墓门》

鴥彼晨风，郁彼北林。未见君子，忧心钦钦。

《秦风·晨风》

维鹈在梁，不濡其翼。彼其之子，不称其服。

《曹风·候人》

維鵜在梁

傳鵜洿澤鳥也集傳洿澤水鳥也俗所謂淘河也○鴮鸅音烏澤三國志魏文帝時鵜鶘集靈芝池詔云此詩人所謂汙澤也

鳲鳩在桑

傳鳲鳩桔鞠也鳲鳩之養其子朝從上下莫從下上平均如一集傳桔鞠也亦名戴勝今之布穀也○按陸疏鳲鳩鴶鵴今梁宋之間謂布穀為鴶鵴一名擊穀一名桑鳩此方呼紫紫禿利者是也一名勿勿或以禿施搖利谷衣充之非也戴勝非布穀爾雅疏辨之甚詳此云戴鵀是也

鸤鸠在桑，其子七兮。淑人君子，其仪一兮。其仪一兮，心如结兮。

《曹风·鸤鸠》

七月鸣鵙

传鵙伯劳也。
易通卦验云博
劳夏至应阴而
鸣冬至而止故
帝少暤以为司
至之官严粲云
五月伯劳始鸣
应一阴之气至
七月犹鸣则三
阴之候寒将至
故七月闻鵙之
鸣先时感事也

七月鸣鵙，八月载绩。

《豳风·七月》

鴟鴞鴟鴞

傳鴟鴞鸋鴂也集傳鴟鴞鵂鶹惡鳥攫鳥子而食者也○鴟鴞衆説紛紛鵂鶹之説可從爲梟爲鴟之鴟同此

鸱鸮鸱鸮，既取我子，无毁我室。

《豳风·鸱鸮》

鹳鸣于垤，妇叹于室。洒扫穹室，我征聿至。《豳风·东山》

春日载阳，有鸣仓庚。《豳风·七月》

翩翩者鵻，载飞载下，集于苞栩。王事靡盬，不遑将父。

《小雅·四牡》

翩翩者鵻
傳鵻夫不也箋夫不鳥之慤
謹者集傳今鵓鳩也凡鳥之
短尾者皆鵻屬○爾雅翼鵻
鳩一名祝又名鵓鳩似斑鳩
而臆無繡采六書故鵓鴣斑
鳩差小者頸有白點斑聲若
布穀又謂勃姑今秃施摇立
谷衣也

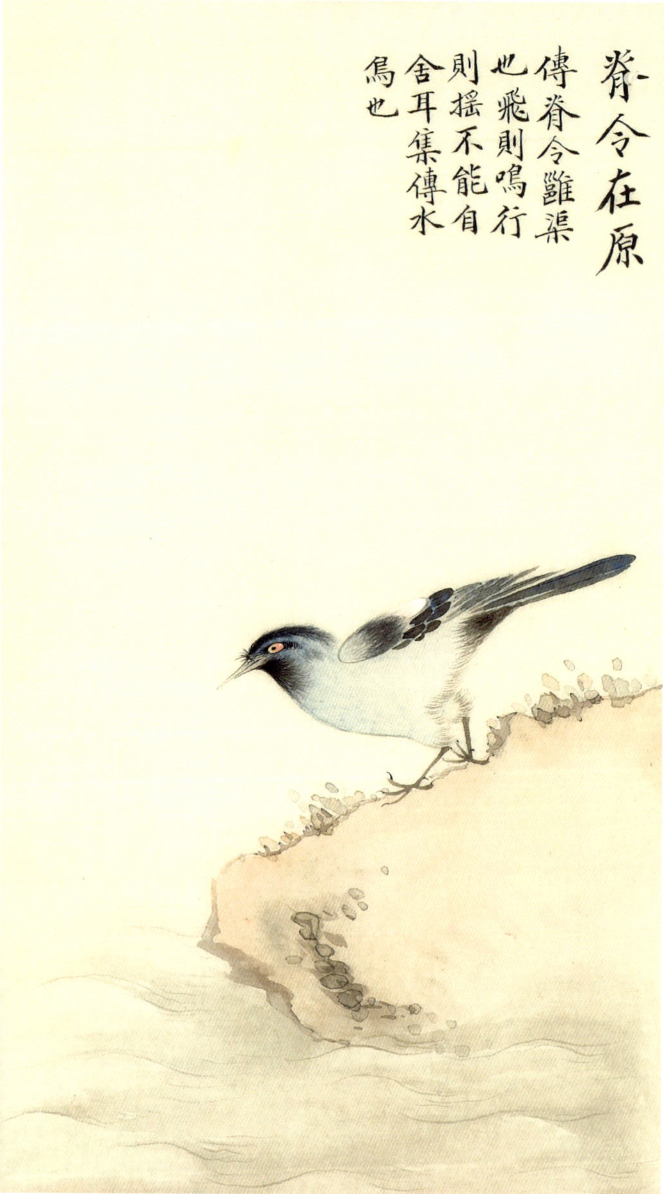
脊令在原
傳脊令雝渠也飛則鳴行則搖不能自舍耳集傳水鳥也

脊令在原，兄弟急难。每有良朋，况也永叹。

《小雅·常棣》

鴥彼飛隼

箋隼急疾之鳥也飛乃至天集傳鷙屬急疾之鳥也○似鷹蒼黑色性猛而不悍攫鳥而食不争羣處並居埤雅鷹之搏噬不能無失獨隼為有隼

鴥彼飞隼，其飞戾天，亦集爰止。

《小雅·采芑》

鹤鸣于九皋，声闻于野。鱼潜在渊，或在于渚。

《小雅·鹤鸣》

鶴鳴九皋
集傳鶴長頸竦身
高脚頂赤身頸尾
黑其鳴高亮聞八
九里○一名仙禽
有白有黃亦有灰
蒼色世所尚者白
鶴

如跂斯翼，如矢斯棘，如鸟斯革，如翚斯飞，君子攸跻。

《小雅·斯干》

如翬斯飛
箋翬鳥之奇
異者集傳翬
雉○爾雅素
質五采皆備
成章曰翬

宛彼鸣鸠，翰飞戾天。我心忧伤，念昔先人。《小雅·小宛》

交交桑扈，率场啄粟。哀我填寡，宜岸宜狱。《小雅·小宛》

宛彼鳴鳩

傳鳴鳩鶻鵰集傳斑鳩也○詩緝鶻鳩鷽鳩非斑鳩此說是也蚳桑葚之鳩及莊子鷽鳩一物見前

交交桑扈

傳桑扈竊脂也集傳俗呼青觜肉食不食粟○淮南子云馬不食脂桑扈不食粟此鳥不食粟亦是一說然殊不然

弁彼鸒斯

傳鸒卑居卑居鵶烏也集傳小而多羣腹下白江東呼為鵯烏斯語詞也○鸒稻氏云石磨矢耶烏苹落恩出加賀白山中腹下白即此也未詳

弁彼鸒斯，归飞提提。民莫不榖，我独于罹。

《小雅·小弁》

匪鹑匪鸢，翰飞戾天。匪鳣匪鲔，潜逃于渊。

《小雅·四月》

匪鶉匪鳶

鶉

傳鶉鵰也鶉鳶貪殘之鳥也

鳶
集傳鳶摯鳥
也其飛上薄
雲漢

鸳鸯于飞，毕之罗之。君子万年，福禄宜之。

《小雅·鸳鸯》

鴛鴦于飛

傳鴛鴦匹鳥也○崔豹古今注鴛鴦鳧類雌雄未嘗相離人得其一則一必思而死故謂匹鳥此方所稱屋施是鸂鶒鴛鴦一種而尾有杝者也鴛鴦鸂鶒一類別種而鸂鶒殊美故謝靈運賦云覽水禽之萬類信莫麗於鸂鶒倭中不産鴛鴦時有海船來者

依彼平林，有集维鷮。辰彼硕女，令德来教。

《小雅·车舝》

有集維鷮
傳鷮雉也集傳微
小於翟走而且鳴
其尾長肉甚美○
埤雅薛綜曰雉之
健者為鷮尾長六
尺

有鹙在梁，有鹤在林。维彼硕人，实劳我心。

《小雅·白华》

有鶖在梁
傳鶖秃鶖也箋
鶖之性貪惡○
秃鶖一名扶老
狀如鶴而大頭
項皆無毛張翼
廣五六尺舉頭
高七八尺鳥之
大者魯語海鳥
曰爰居止于東
門之外是也

维师尚父，时维鹰扬。

《大雅·大明》

時維鷹揚

裴氏新書鷹在衆鳥間若睡寐然故積怒而後全剛生馬詩大雅維師尚父時維鷹揚言其武之奮揚也

凫鹥在泾，公尸来燕来宁。

《大雅·凫鹥》

凤凰于飞，翙翙其羽，亦集爰止。

《大雅·卷阿》

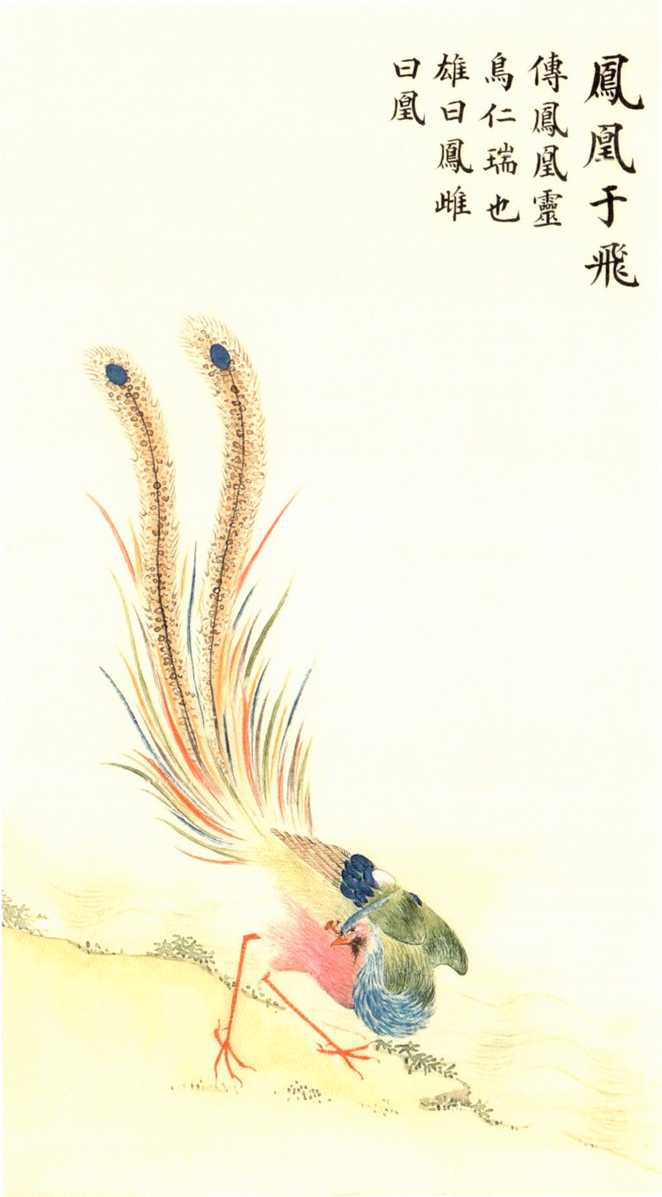
鳳凰于飛
傳鳳凰靈
鳥仁瑞也
雄曰鳳雌
曰凰

振鹭于飞，于彼西雍。我客戾止，亦有斯容。

《周颂·振鹭》

振鷺于飛

傳鷺白鳥也集傳鷺春鉏今鷺鷥好而潔白頭上有長毛。鷺步於浅水好自低昂如春如鋤之狀故曰春鉏

肇允彼桃蟲

傳桃蟲鷦也鳥之始小終大者集傳桃蟲鷦鷯小鳥也鷦鷯之雛化而為雕言始小而終大也○毛晉云陸疏鴟鴞一條與鷦鷯甚合故先儒援引多及之馮氏名物疏已詳辨矣按鷦鷯生鵰語出焦氏易林不必實然

肇允彼桃虫，拚飞维鸟。未堪家多难，予又集于蓼。

《周颂·小毖》

獸部

陟彼崔嵬，我马虺隤。我姑酌彼金罍，维以不永怀。

《周南·卷耳》

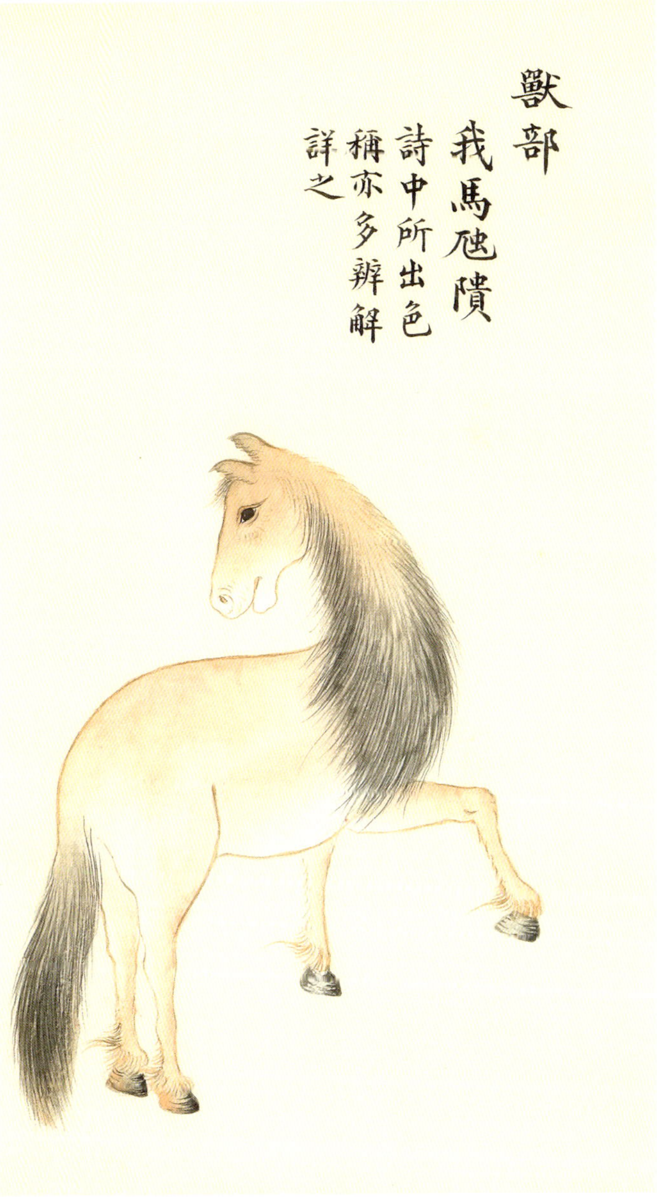
獸部
我馬虺隤
詩中所出色
稱亦多辨解
詳之

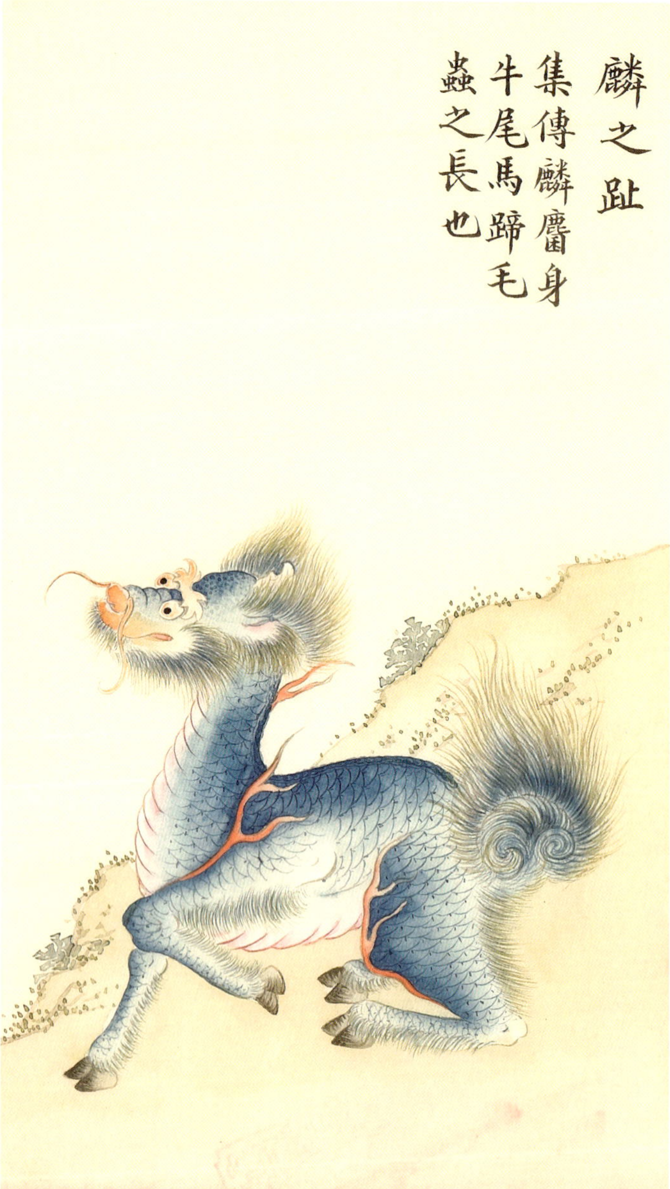
麟之趾
集傳麟麕身
牛尾馬蹄毛
蟲之長也

麟之趾，振振公子，于嗟麟兮。

《周南·麟之趾》

誰謂鼠無牙
集傳鼠蟲之
可賤惡者○
典籍便覽鼠
一名家兔

谁谓鼠无牙，何以穿我墉？谁谓女无家，何以速我讼？

《召南·行露》

羔羊之皮，素丝五紽。退食自公，委蛇委蛇。

《召南·羔羊》

羔羊之皮

傳小曰羔大曰羊

○伐木既有肥羜

羜未成羊也苕之

華牂羊羵首牂羊

牝羊也生民先生

如達達小羊也取

羝以軷羝牡羊也

羊生海島者為

綿羊剪毛作氊此

云索異那哥里

野有死麕

集傳麕獐也鹿屬無
角○還並驅從兩肩
七月獻豜于公肩豜
字同麕有力者凡獐
類多麕為總名稲氏
云此方無獐水藩嘗
致自朝鮮放之於野
是以常山有獐焉

野有死麇，白茅包之。有女怀春，吉士诱之。

《召南·野有死麇》

舒而脱脱兮！无感我帨兮！无使尨也吠！

《召南·野有死麕》

無使尨也吠
傳尨狗也集傳犬也
○盧令盧令令田犬
也駟鐵載獫歇驕皆
田犬名長喙曰獫短
喙曰歇驕

彼茁者蓬，壹发五豵，于嗟乎驺虞！

《召南·驺虞》

壹發五豵
傳豕牝曰豝
一歲曰豵箋
生三曰豵集
傳豝牡豕也
一歲曰豵亦
小豕也〇潛
室陳氏曰毛
傳云豕牝曰
豝集傳牡字
恐當作牝

于嗟乎騶虞
傳騶虞義獸也
白虎黑文不食
生物有至信之
德則應之○正
字通騶虞或作
騶吾騶牙吾牙
字雖與虞異其
為騶虞一也字
彙分騶虞騶牙
為二獸泥

彼茁者蓬，壹发五豵，于嗟乎驺虞！

《召南·驺虞》

有力如虎

硕人俣俣，公庭万舞。有力如虎，执辔如组。

《召南·简兮》

莫赤匪狐，莫黑匪乌。惠而好我，携手同车。

《邶风·北风》

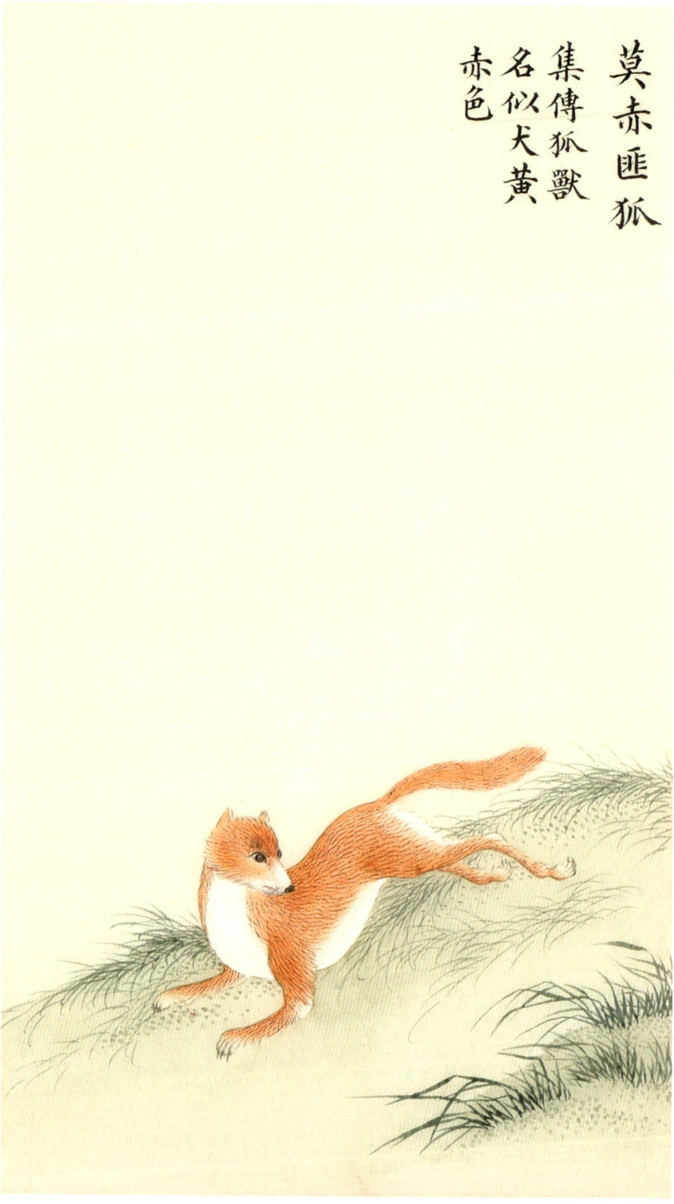
莫赤匪狐
集傳狐獸
名似犬黃
赤色

象之揥也
集傳象
象骨也
○中國
無象出
交廣及
西域吾
國享保
中廣南
獻象記
傳至今

玉之瑱也，象之揥也，扬且之皙也。

《鄘风·君子偕老》

鸡栖于埘，日之夕矣，羊牛下来。

《王风·君子于役》

羊牛下來
無羊九十
其犉黃牛
黑脣曰犉

有兔爰爰

有兔爰爰，雉离于罗。我生之初，尚无为。我生之后，逢此百罹，尚寐无吪。

《王风·兔爰》

并驱从两狼兮，揖我谓我臧兮。

《齐风·还》

並驅從兩狼兮
集傳狼似犬銳頭
白頰高前廣後○
陸佃云狼大如狗
青色作聲諸竅皆
沸善逐獸里語曰
狼卜食狼將遠逐
食必先倒立以卜
所向故獵師遇狼
輒喜狼之所嚮獸
之所在也

有縣貆兮
箋貉子曰貆集傳貆貉類

一之日于貉
傳于貉謂取狐貍皮也
集傳貉狐狸也○狐狸貉本自三種貉似貍銳頭尖鼻班色善睡埤雅云詩一之日云云言往祭表貉因取狐狸之皮為裘故傳曰取狐狸皮也直曰貉狐狸也覺牽混難説

不狩不猎，胡瞻尔庭有县貆兮？《魏风·伐檀》
一之日于貉，取彼狐狸，为公子裘。《豳风·七月》

一之日于貉，取彼狐狸，为公子裘。

《豳风·七月》

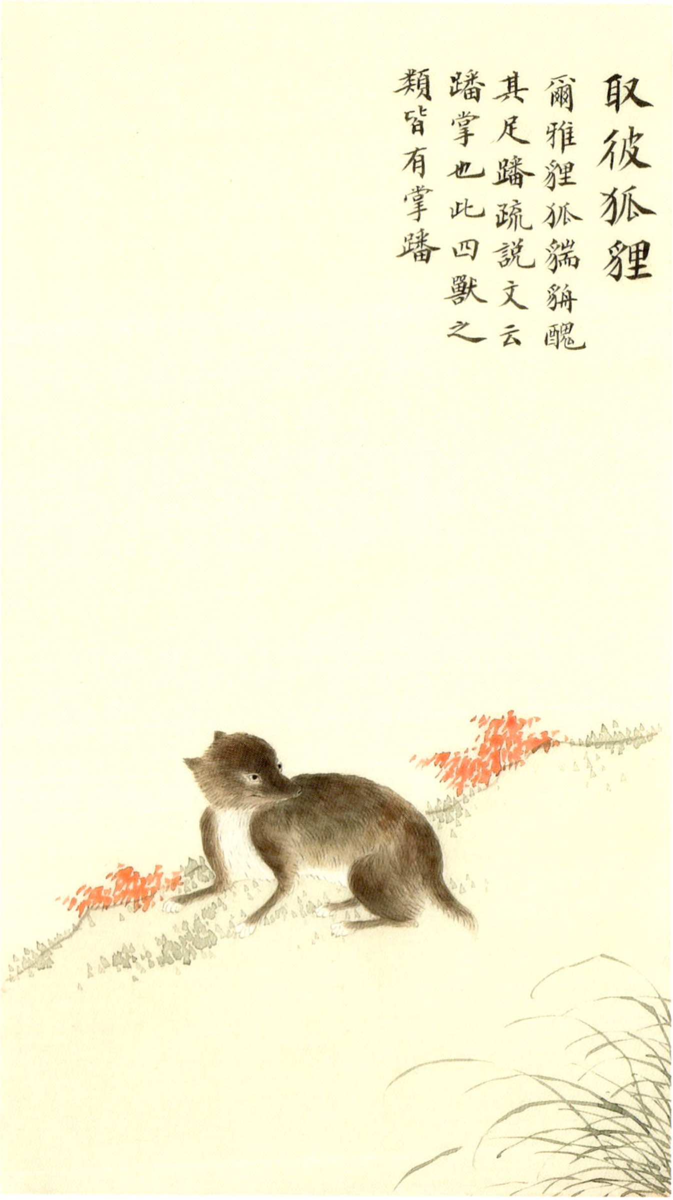
取彼狐貍
爾雅貍狐貒貈醜
其足蹯疏說文云
蹯掌也此四獸之
類皆有掌蹯

呦呦鹿鸣，食野之苹。我有嘉宾，鼓瑟吹笙。

《小雅·鹿鸣》

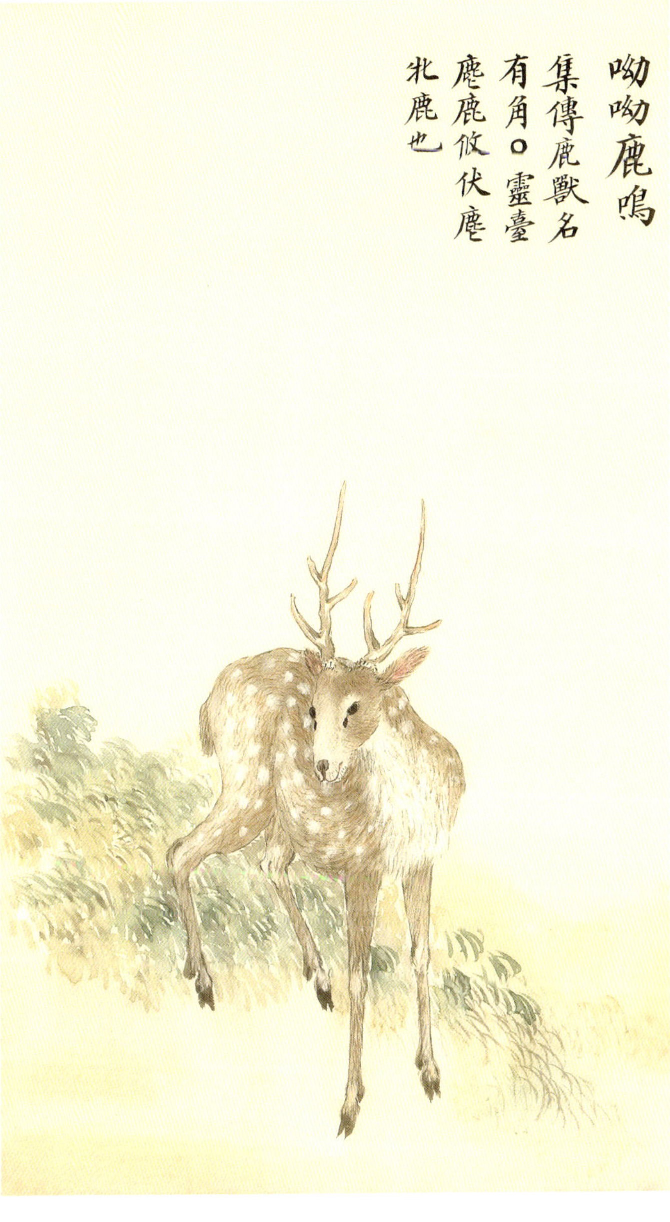
呦呦鹿鳴
集傳鹿獸名有角○靈臺麀鹿攸伏麀牝鹿也

象弭魚服
傳魚服魚皮也
箋服矢服也集
傳魚獸名似猪
東海有之其皮
背上斑文腹下
純青可為弓鞬
○陸疏一名魚
貍

四牡翼翼，象弭鱼服。岂不日戒？猃狁孔棘。

《小雅·采薇》

維熊維羆

集傳羆似熊而長頭高脚猛憨多力能拔樹○羆未詳

大人占之：维熊维罴，男子之祥；维虺维蛇，女子之祥。

《小雅·斯干》

彼谮人者，谁适与谋？取彼谮人，投畀豺虎。

《小雅·巷伯》

毋教猱升木，如涂涂附。

《小雅·角弓》

毋教猱升木

傳猱猨屬箋猱之性善登木集傳猱獼猴也○孔疏猱則猨之輩屬非猨也陸璣云猱獼猴也楚人謂之沐猴老者為玃長臂者為猨猨之白腰者為獑胡獑胡猨駿捷於獼猴然則猱猨其類大同也

匪兕匪虎，率彼旷野。哀我征夫，朝夕不暇。《小雅·何草不黄》

匪兕匪虎

傳兕虎野獸也集傳兕野牛一角青色重千斤典籍便覽其皮堅厚可以制鎧或云兕即犀之牸者一角長三尺又云古人多言兕今人多言犀北人多言兕南人多言犀

蟲部

螽斯羽，诜诜兮。宜尔子孙，振振兮。

《周南·螽斯》

蟲部

螽斯羽詵詵兮

傳螽斯蚣蝑也集傳蝗屬長而青長角長股能以股相切作聲一生九十九子○爾雅蜤螽蚣蝑蜤音斯邢昺云蜤螽周南作螽斯七月作斯螽惟字異文倒其實一也一名蚣蝑一名蜙蟌一名蝽蟍螽總名斯語詞註家以為蚣蝑則今吉里吉里斯也

喓喓草虫，趯趯阜螽。未见君子，忧心忡忡。

《召南·草虫》

喓喓草蟲

傳草蟲長羊也集
傳蝗屬奇音青色
○草蟲爾雅草螽
即是也陸云好在茅
草中

喓喓草虫，趯趯阜螽。未见君子，忧心忡忡。

《召南·草虫》

趯趯阜螽

傳阜螽蠜也箋草蟲鳴阜螽躍而從之異種同類○陳藏器云阜螽如蝗東人呼為舴艋有毒有黑班者此云法他法他嚴緝阜螽○螽為一物爾雅有明解不可混矣

手如柔荑，肤如凝脂，领如蝤蛴，齿如瓠犀。

《卫风·硕人》

領如蝤蠐

傳蝤蠐蝎蟲也集傳木蟲之白而長者○蝤蠐一名蝎一名木蠹蟲一名蛣蝠生腐木中名物疏云蝎自蝤蠐之異名非蠆尾之蠍

螓首蛾眉，巧笑倩兮，美目盼兮。

《卫风·硕人》

螓首蛾眉

傳螓首顙廣而方箋螓謂蜻蜻也集傳螓如蟬而小其額廣而方正蛾蠶蛾也〇螓此云過幾設密爾雅翼螓蟭蟟之小而綠色者螓首即角犀豐盈之謂也韻會蛾似黃蝶而小其眉句曲如畫

鸡既鸣矣，朝既盈矣。匪鸡则鸣，苍蝇之声。

《齐风·鸡鸣》

蒼蠅之聲

傳蒼蠅之聲有似遠雞之鳴○古義天將曙而蒼蠅始有聲

蟋蟀在堂

傳蟋蟀蛬也集傳蛬名似蝗而小正黑有光澤如漆有角翅或謂之促織。陸疏楚人謂之王孫幽人州謂之趨織里語曰趨織鳴懶婦驚是也此方古名吉里吉里斯故與蚣蝑易混

蟋蟀在堂，岁聿其莫。今我不乐，日月其除。

《唐风·蟋蟀》

蜉蝣之羽，衣裳楚楚。心之忧矣，於我归处。

《曹风·蜉蝣》

蜉蝣之羽

傳蜉蝣渠畧也朝生夕死集傳似蛣蜣身狹而長角黃黑色朝生暮死○毛晉云今水上有蟲羽甚整白露節後羣浮水上隨水而去以千百計宛陵人謂之白露蟲毛說本許叔重稻氏從之雖非舊說亦有據焉

四月秀葽，五月鸣蜩。八月其获，十月陨萚。

《豳风·七月》

如蜩如螗，如沸如羹。

《大雅·荡》

五月斯螽动股，六月莎鸡振羽。

《豳风·七月》

六月莎鷄振羽

傳莎鷄羽成而振訊之集傳斯螽莎鷄蟋蟀一物隨時變化而異其名○爾雅翼莎鷄振羽作聲其狀頭小而羽大有青褐兩種率以六月振羽作聲連夜札札不止其聲如紡緯之聲故一名梭鷄今俗人謂之絡緯娘蓋其鳴時又正當絡緯之候莎鷄今俗謂之管巻頭小而身大有鬚聲如緯車斯螽也莎鷄也蟋蟀也迥然三物集傳訛之諸書辨其非矣斯螽是蚣蝑莎鷄是絡緯蟋蟀是促織如是分别各得其物高敔

詩蟋蟀催寒輸絡緯可謂二蟲之知音矣

蠶月條桑

蚕月条桑，取彼斧斨，以伐远扬，猗彼女桑。

《豳风·七月》

蜎蜎者蠋，烝在桑野。敦彼独宿，亦在车下。

《豳风·东山》

蜎蜎者蠋

傳蠋桑蟲也集傳桑蟲如蠶者也○郭璞云蟲大如指似蠶韓非子云鱣似蛇蠶似蠋人見蛇則驚駭見蠋則毛起然婦人拾蠶而漁人握鱣故利之所有皆為賁育

伊威在室

傳伊威委黍也集傳鼠婦也室不掃則有之○寇宗奭云混生蟲多足大者長三四分其色如蚓背有橫紋蹙起

伊威在室，蟏蛸在户。町疃鹿场，熠燿宵行。

《豳风·东山》

伊威在室，蟏蛸在户。町疃鹿场，熠耀宵行。

《豳风·东山》

蟏蛸在户

傳蟏蛸長踦也

集傳小蜘蛛也

户無人出入則

結網當之○爾

雅蟏蛸長踦註

小鼅鼄長腳者

俗呼為喜子

町疃鹿场，熠燿宵行。不可畏也，伊可怀也。

《豳风·东山》

熠燿宵行

傳熠燿燐也燐螢火也集傳宵行蟲名如蠶夜行喉下有光如螢○二說不同稻氏云張華詩涼風振落熠燿宵流是熠燿之為螢也此說為得但燐非螢火孔疏詳之

維虺維蛇
集傳虺蛇屬細頸大頭色如文綬大者長七八尺○虺一名蝮有牙最毒埤雅云虺狀似蛇而小集傳七八尺蓋蝮之至大者也

大人占之：维熊维罴，男子之祥；维虺维蛇，女子之祥。

《小雅·斯干》

维号斯言，有伦有脊。哀今之人，胡为虺蜴？

《小雅·正月》

胡為虺蜴

傳蜴蠑螈也箋虺蜴之性見人則走集傳虺蜴皆毒螫之蟲也○爾雅翼蜥蜴似蛇而四足五六寸生草澤中爾雅榮螈蜴蜥蝘蜓守宮四名轉相解至陶弘景以為其類有四種按此說不然東方朔云若非守宮即蜥蜴二物分稱亦已久矣

螟蛉有子，蜾蠃负之。教诲尔子，式穀似之。

《小雅·小宛》

为鬼为蜮，则不可得。有靦面目，视人罔极。

《小雅·何人斯》

螟蛉有子蜾蠃負之

傳螟蛉桑蟲也蜾蠃蒲盧也集傳螟蛉桑上小青蟲也似步屈蜾蠃土蜂也似蜂而小腰取桑蟲負之於木空中七日而化為其子○爾雅果蠃注即細腰蠭也俗呼為蠮螉陶弘景云雖名土蜂不就土中作窟謂摙土作房爾

為鬼為蜮

傳蜮短狐也集傳江淮水皆有之能含沙以射水中人影其人輒病而不見其形也○柳元宗公射工沙蝨含怒竊發中人形影動成瘡痏倭中未聞有此物

去其螟螣及其蟊賊

傳食心曰螟食葉曰螣食根曰蟊食節曰賊集傳皆害苗之蟲也○犍為文學曰此四種蟲皆蝗也實不同故分釋之爾雅翼云今食苗心者乃無足小青蟲既食其葉又以絲纏集衆葉使穗不得展江東謂之橫蟲音如橫遂之橫言其橫生又能為橫災也然按蝗字通有橫音以為物雖不同皆害稼之屬也按蝗螽類此方如實盛蟲為然據羅說蝗橫災之義然則害禾稼之蟲皆可施四名不必辨其形可也

去其螟螣，及其蟊贼，无害我田稚。

《小雅·大田》

营营青蝇，止于樊。岂弟君子，无信谗言。《小雅·青蝇》

彼都人士，垂带而厉。彼君子女，卷发如虿。《小雅·都人士》

營營青蠅 見蒼蠅

卷髮如蠆

箋蠆螫蟲也尾末揵然如婦人髮末曲上卷然○釋文通俗文云長尾為蠆短尾為蠍

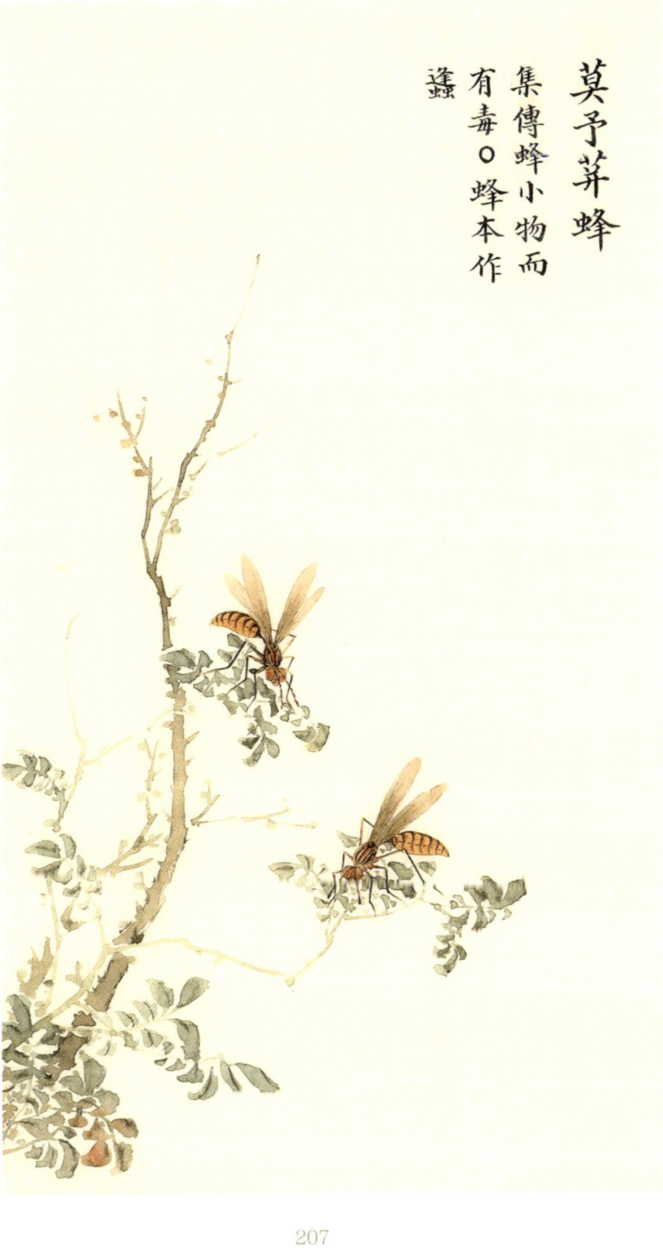
莫予荓蜂
集傳蜂小物而
有毒○蜂本作
蠭

予其惩而毖后患。莫予荓蜂，自求辛螫。

《周颂·小毖》

魚部

鲂鱼赪尾，王室如毁。虽则如毁，父母孔迩。

《周南·汝坟》

魚部

魴魚頳尾

集傳魴身廣而薄少力細鱗○魴一名鯿陸疏魴魚廣而薄肥恬而少力細鱗魚之美者埤雅細鱗縮項闊腹其廣方其厚褊故曰魴亦曰鯿正字通小頭縮項闊腹穹脊細鱗色青白腹内甚腴舊説埋捺葛子

和為魴松岡氏云魴是屋施吉烏和生近江湖中扁身細鱗大僅三四寸吾國河中無魴如屋施吉烏和未見其大者

鯧

鱣鮪發發

傳鱣鯉也集傳鱣魚似龍黃色銳頭口在頷下背上腹下皆有甲大者千餘斤傳鮪鮥也集傳鮪似鱣而小色青黑○孔疏鱣大魚似鱏而短鼻口在頷下體有邪行甲無鱗肉黃大者長二三丈江東呼為黃魚陸疏鮪似鱣而青黑頭小而尖似鐵兜鍪口在頷下鮪鱣屬或為施娓者非是

河水洋洋，北流活活。施罛濊濊，鱣鮪发发。

《卫风·硕人》

敝笱在梁，其鱼鲂鳏。齐子归止，其从如云。
敝笱在梁，其鱼鲂鱮。齐子归止，其从如雨。

《齐风·敝笱》

其魚魴鰥

傳鰥大魚箋魚子也○鰥未詳蓋魴鱮之類毛以為大魚釋敝笱不可制之義耳非謂至大之魚也註家必引盈車之鰥成說非是

其魚魴鱮

傳魴鱮大魚箋似魴而弱鱗集傳鱮似魴厚而頭大或謂之鰱○埤雅鱮魚性旅行故字從與亦謂之鰱也失水即死弱魚也其頭尤大而肥者或謂之鱅

必河之鲤

岂其食鱼，必河之鲤？岂其取妻，必宋之子？

《陈风·衡门》

九罭之鱼鳟鲂

传鳟鲂大鱼也集传鳟似鲩而鳞细眼赤。埤雅鳟鱼圆鲂鱼方。

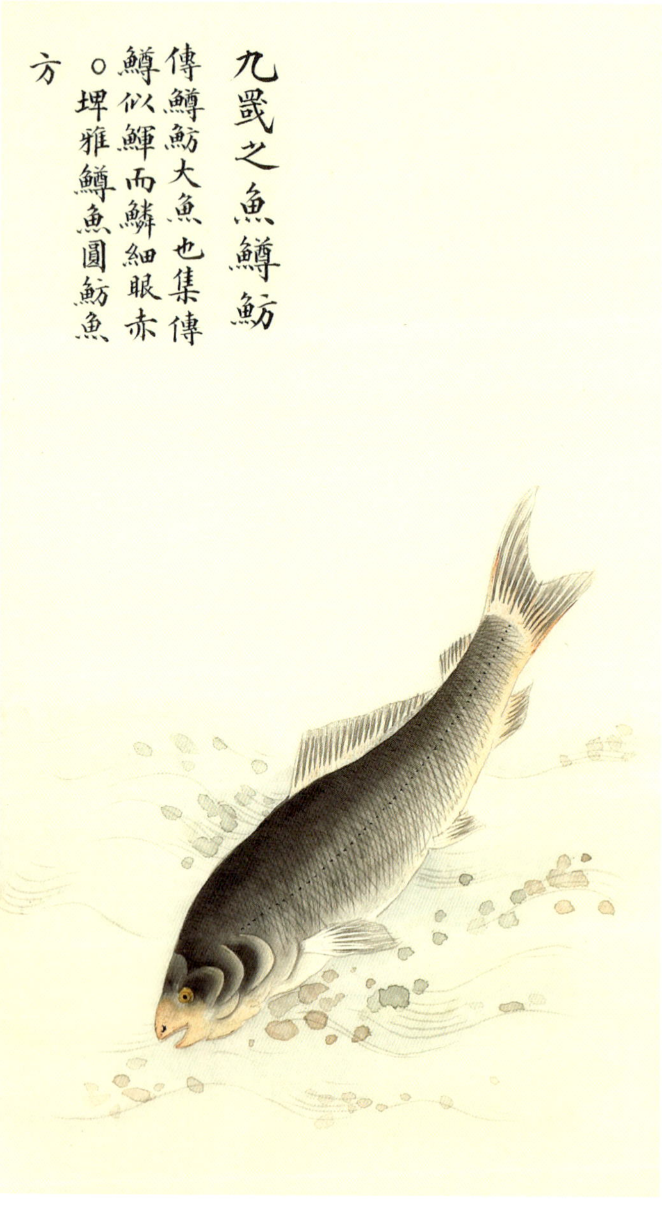

九罭之鱼鳟鲂，我觏之子，衮衣绣裳。

《豳风·九罭》

魚麗于罶鱨鯊

傳鱨揚也集傳今黃頰魚是也似燕頭魚身形厚而長大頰骨正黃魚之大而有力解飛者○稲氏云伊賀州荒木川有魚形似燕青色能飛躍名施耶十土人食之疑此鱨魚也此説未詳姑錄備考○傳鯊鮀也集傳魚狹而小常張口吹沙故又名吹沙○集傳狹而小本陸疏通雅云鯊吹沙小魚黃皮黑斑正月先至身前半闊而扁後方而狹陸氏以為狹小非也

鱼丽于罶，鲿鲨。君子有酒，旨且多。

《小雅·鱼丽》

鱼丽于罶，鲂鳢。君子有酒，多且旨。

《小雅·鱼丽》

魚麗于罶魴鱧

傳鱧鮦也集傳又曰鯇也○舊説恙紫眠爲奈已非也鱧華中産者近世舶載來此方未見

鱼丽于罶，鰋鲤。君子有酒，旨且有。

《小雅·鱼丽》

南有嘉鱼，烝然罩罩。君子有酒，嘉宾式燕以乐。《小雅·南有嘉鱼》

饮御诸友，炰鳖脍鲤。侯谁在矣？张仲孝友。《小雅·六月》

南有嘉魚

箋南方水中有嘉魚

集傳嘉魚鯉質鱒鯽肌出於沔南之丙穴

○嚴緝下文樛木非木名則嘉魚亦非魚名

包鼈膾鯉

我龟既厌，不我告犹。谋夫孔多，是用不集。

《小雅·小旻》

萋兮斐兮，成是贝锦。彼谮人者，亦已大甚！
菁菁者莪，在彼中陵。既见君子，锡我百朋。

《小雅·巷伯》
《小雅·菁菁者莪》

成是貝錦　錫我百朋

傳貝錦錦文也集傳貝水中介蟲也有文彩似錦古者貨貝五貝為朋○說約埤雅錦文如貝孔疏錦而連貝知為貝之文也注似從孔氏貝大者或至一尺六七寸九真交趾以為杯槃故可與小文為對

於论鼓钟，於乐辟廱。鼍鼓逢逢。蒙瞍奏公。

《大雅·灵台》

鼉鼓逢逢

傳鼉魚屬集傳似蜥蜴長丈餘皮可冒鼓○物類品隲云鼉龍蠻產迦阿異埋模形如守宮蛤蚧有四足頭尾皆鱗甲三尖尾長半身在咬𠺕吧進羅洋中害人

载见辟王，曰求厥章。龙旂阳阳，和铃央央。

《周颂·载见》

猗与漆沮，潜有多鱼。有鳣有鲔，鲦鲿鰋鲤。

《周颂·潜》

鰷鱨鰋鯉
傳鰷白鰷也〇古
義說文云鰷白條
也其形纖長而白
故曰白鰷又謂白
儵此魚好游水上
故莊子觀於濠梁
稱儵魚出游從容
以為魚樂明遂其
性也